じょっぱれアオモリの星2

ズンダーにおいでよ

佐々木鏡石

角川スニーカー文庫

23715

じょっぱれ アオモリの星
ズンダーにおいでよ

マツシマや、ああマツシマや、マツシマや……本当にそう言いでぐもなる。
バショーもこいば見でなんぼ感動したべな
レジーナ・マイルズ
オーリン・ジョナゴールド

エロハになっているではないか！　イだ、イ！
いろはにほへとのイロハだ！　人をエロガッパみたいに呼ぶな！
イッ!!
エ
イロハ・ゴロハチ・ズンダー十四世

口絵・本文イラスト　福きつね

口絵・本文デザイン　talc.

プロローグ
タゲ・アッタケンズヨ（凄く温もりを感じる）

暗く、湿った夜だった。

すん、と鼻を鳴らして霧混じりの夜風を吸い込んだ「彼女」は、その中にほんの少しの腥さを感じた。

北方の一大都市、ベニーランドは海が近い。この大陸のあらゆる海運の要となっているベニーランドの海は、太古の昔から大いなる富と食料、そして潤いをこの大地にもたらしてきた。この風も海の方角からのものか、とふと考えて、「彼女」は遥かなる水平線の向こうに顔を向けた。

広大に広がる海上には、まだ操船を続けているらしい船たちが放つ光があった。まだ夜も明けきらぬこの闇の中でも、この街には決して眠ることのない人々の営みがある。一時も絶えることのない人々の生活がある――まるで綺羅星のようなその灯火を、「彼女」はどんな星々にも劣らぬ美しい輝きだと思った。

「出立の準備が整いました」

凛とした男の声が背後から聞こえ、「彼女」は振り返った。

如何にも武人らしい、きりりとした歩みで近寄ってきた青年は、右手に抱えていた兵士の身体を無造作に地面に投げ捨てた。

「彼女」は眉間に皺を寄せた。

「穏便に、とは言わなかったかな」

「穏便に済ませた結果ですとも。彼らには寝ていてもらうほかないでしょう？」

青年は皮肉げな笑みを浮かべた。

「番兵が我々の出立を見逃した、となれば、此度のことは彼の責任になりましょう。今回の出奔で汚れるのは私の役目です。そうでしょう？」

薄く笑った青年の顔を見て、「彼女」は、そうか、とだけ呟き、それから視線を巡らせた。

視線の先にあったのは、白亜の巨大な像――この《杜の都》と称される北の都・ベニーランドの繁栄を見下ろしてきた創造の女神像だった。その女神像は昨日の夕刻に突如として起こった天変地異により、首から上がすっぱりと切断されてしまった。今も衛兵たちが夜通しで像の周囲を警備で固めてはいるが、その足元には今も女神の首が隠されることもなく転がるままになっているはずだった。

平穏や平和は、常にそれを象徴していた風景と共に崩れ落ちる。今や三百万にも達しているズンダー大公領の民たちの平穏の象徴――その女神像が実に惨たらしい有様となり、首から上が消失した姿を晒すままになっている現状。そしてその首を叩き落としたのが、あろうことか五百年の長い間、この北の都を庇い護ってきた守護の聖竜・独眼竜マサムネであるという事実。そのふたつの事実が、「彼女」に今宵の決断を促した。

もはや一刻の猶予もない。「彼女」はその平穏が崩れ去ってゆく光景を座して見ているわけにはいかなかった。

自分がどれほど非力な存在でも。

どれほど無才であったとしても。

運命と呼ばれる残虐なる反逆者に、この都の安穏を脅かさせるわけにはいかない。

そのためには――必要なのだ、圧倒的な力が。

力を奉じ、力に生き、力によって運命をねじ伏せる――それが北方の強大な王家・ズンダーの流儀であるはずだった。

「このベニーランドには、今こそ強い王が必要です」

ああ、と彼女は頷いた。

「私は――ずっと力が欲しかった。この都を、腕一本で庇い護れるほどの力が」

「彼女」は眼下に広がる百万都市・ベニーランドの、銀河のような夜景を見下ろした。

「今こそその力を得るべき時。私はここで先祖代々の誓いを果たそうと思う。初代ズンダー王以来、誰も打ち立てられたことのない誓いを」

「彼女」はその細い腕を胸の前で組んだ。

「先祖の誓いさえ果たされれば、三百万のズンダーの民の忠誠と信頼は揺るぎないものとなる。この未曾有の難局を乗り切るためには、私自身が圧倒的な強者であらねばならぬ」

覚悟を決め、「彼女」は吹き付ける夜風にも負けぬよう、決然と言い切った。

「私はきっと誓いを打ち立ててここへ帰ろう。あの美しき海の上で私は力を得る。この都を庇い護ることができるほどの、圧倒的な力を――」

これでよいか？　というように青年を振り返ると、青年が柔和に笑った。

ただ臣下というだけではない、もっともっと他の理由があるのだろうその笑みの柔らかさに、「彼女」は少しほっとした。マサムネが暴走状態に陥ったこの一ヶ月、いやもっと長い間、滅多に感じたことのない温もりを感じて、こわばっていた心がほんの少しだけほぐれた気がした。

「ベニーランド脱出のための経路は既に決めております。それでは――参りましょうか、ゴロハチ様――」

ああ、と青年の声に応じて「彼女」は一歩、闇の中へと歩を進めた。

第一話　ハカメイデ・キタデァ（興奮してきたな）

「馬車を用意しました。シロイシからベニーランドの中央部まで、馬車であれば半日の行程です」

「迷惑です」

「更に懇意の旅籠屋にも連絡は回しておきました。ベニーランドに着き次第、あなた方を上等の部屋にお泊めするようにと」

「なんどなんど、本当に迷惑です」

「さらに食料と――これ、少しですが街道沿いの者たちで出し合いました。マサムネ様を救ってくださったお礼です。少ない額ですが、路銀としてお持ちください」

「ややや、迷惑だなぁ。いい迷惑だ。迷惑だー迷惑だー。わい、本当に迷惑だ」

オーリンはあくまで恐縮してそう言うが――言われた方としては流石に驚いたらしい。不安そうに表情を曇らせてオーリンを見つめた宿屋の親爺に、レジーナは慌ててとりなした。

「あ、いや、違うんです！　『迷惑』っていうのは『ご迷惑をおかけします』の短縮版なんです！　すごく嬉しいんです！　ね、先輩⁉」

「えっ⁉　……アッそうが！　そうです！　本当に申し訳ないです！　ごめいわぐをおがげすますです、はい！」

レジーナの言葉に失言を悟ったオーリンが、一瞬の後に血相を変えた。まるでコメツキバッタのようにペコペコ頭を下げると、ようやく宿屋の親爺の顔が緩んだ。

「そ、そうでしたか……とりあえず、我々ができるお礼としてはこんなところです。マサムネ様のこと、本当にありがとうございました」

「いえいえ、十分ですよ。むしろこんなに手厚くしてもらえるなんて……」

レジーナの言葉に同意するように、足元にいたワサオが、ワン！　と一声吠えて尻尾を振った。

それを見ていたマサムネが黄色い目を細めてオーリンを見た。

「それで――若き魔導師殿。そなた、これからどうなさるおつもりか？」

「とにかぐ、一千万ダラコは後回しだの。お前ばこんなにし腐った黒幕ば見つけで捕まえる、それすかねぇべ」

オーリンは決然と言った。

「黒幕が誰でも、これ以上ぶじょほさへるわげには行がねおん。相手はドラゴンでもわや簡単に操ってまる人間だ。俺さばわんつか荷が勝つ相手がも知ゃねども、これ以上べニー

ランドの人だづがふったづげらえればなんぼなんでも俺だってきまげるでの。なんどすても止めねばまいね」

【黒幕が誰でも、これ以上悪事を働かせるわけにはいかないだろう。相手はドラゴンでも簡単に一瞬で操ってしまう人間だ。俺には少々手に負えない相手かもしれないが、これ以上ベニーランドの人々がやられればいくらなんでも俺だって頭に来る。なんとしても止めなければならない】

オーリンは決め顔で、握り拳を作りながら、冴えた内容のことを冴えない訛りで語った。とにかく、わからないならわからないなりにその覚悟のほどを受け取ったらしい街の人々が、顔を見合わせて苦笑いを浮かべた。

唯一、マサムネだけがその決意の言葉を聞き、ブルル……と鼻を鳴らした。

「覚悟のほどはよくわかった。お若い方」

「なんだえ？」

「その、そなたの無詠唱魔法のことだが――」

嗄れた声でマサムネはそう言いかけたが、次の瞬間には視線を伏せ、「いや……」と歯切れ悪く言葉を打ち切った。代わりに、マサムネは再び蛇のような瞳でオーリンを見た。

「これからのそなたの道程にはただならぬ困難が待ち受けているやもしれぬ。そなたの運命、そしてこれから待ち受けることに関しての手がかりはあまりにも少ない。だが、そなたの運命は既に大きく変わり始めている。そこの――そなたの相棒殿によって」

その一言とともに、マサムネの鼻先がレジーナの方を向いた。後ろに誰かいるのかな、と背後を振り返ったレジーナは、一瞬後で自分のことを言われたのだと気がついて、ちょっと驚いてマサムネを見た。

「え⁉　も、もしかして私――⁉」

「左様。そなたは既に魔導師殿の運命を大きく変えつつある。いい方にも、悪い方にもだ。いずれ、この旅の鍵を握るのは、魔導師殿以上にそなたであろう。これ以上は言えぬ」

「あ、いや、そんなそんな！　私、なんにも戦闘とかで役に立ってないし――！　相棒とかなんとか言ってますけど、運命を変えるとかなんとかそんな大それた感じでは……！」

「いや……」

不意に――マサムネの声ではない声がレジーナの言葉をやんわり否定した。え？　とオーリンを見ると、オーリンは何故か明後日の方角を見ながら、意味深に何回か頷いた。

「確かに――あんだの言う通りがもわがんね、マサムネさんよ」

「えっ、えっ？」

嘘でも冗談でもないオーリンの口調に、却ってレジーナの方が驚いた。オーリンは何かを納得したような表情でレジーナを見た。

「レズーナ、お前のその【通訳】とがっていうスキル、もすかすればとんでもねぇスキルがもわがんねど」

「えっえっ？　そ、そう、なんですかね……？」

「そんだびの。お前が【通訳】すた言葉ば操られでいでったマサムネさんさも通じだ。かげらえだ呪いを上回って言葉を届けることができるスキルなんて、ちょっと考えられねぇぞ。今まで考えだごども無がったども、単なる【通訳】するってだけのスキルってわげでねぇのがもしれねぇど」

そう――なのだろうか。自分は今までただただ冒険者としては役に立たないスキルだとばかり思っていたのだけれど、オーリンもマサムネもそうではないという。

確かに昨日、あのザオー連峰の頂上でマサムネと戦った時、思わず知らず【通訳】した言葉がマサムネの眠っていた正気を揺り動かし、オーリンが勝利を収めるきっかけを作ったのは事実だ。だが、よくよく考えれば、呪われ、正気を失った相手にすら言葉を届けたという事実は、奇妙なことなのかもしれなかった。

マサムネが再びブルル、と鼻を鳴らした。

「よいか。如何なる困難があろうと、決して後ろや前を見てはならぬ。来た道は戻ること叶わず、行く道は知ること叶わず。常に踏みしめる場所を見よ。そこにはいつでも万里を照らす明かりがあるはず――」

まるで老齢の賢者のようなマサムネの口調に、思わず知らずレジーナも緊張した。丸まっていた背筋を伸ばしてくれるかのような言葉の連なりに、昨日の宴会で緩んでいた冒険者の心が引き締まってゆく。

マサムネは一瞬だけレジーナたちから視線を逸らし、そして何かを考えるかのように遠い目をした。

「『曇りなき心の月を先立てて、浮世の闇を照らしてぞ行く』――」

「曇りなき――心の月？」

「然り。月は夜空にひとつしかなくとも世界を隅々まで照らし、往く道を示してくれるものぞ。我のように片目しかなくなろうとも、全てが見えなくなるわけではない、いつでも希望はそこにある――そのような意味だ」

マサムネの隻眼がレジーナとオーリンを交互に見つめた。

その蛇のような瞳に精一杯の祝福と激励を込めて、マサムネは嗄れた声で餞の言葉で締めくくった。

「己が心に秘めた月を信じよ。決して曇ることのない光を信じるのだ。それがそなたらの歩むべき運命の道ぞ。さぁ、征くがよい」

◆

曇りなき心の月を先立てて――。

最後にマサムネが贈ってくれた言葉の意味を反芻しながら、レジーナは馬車の座席から外を見ていた。

オーリンはというと、昨日の大立ち回りと宴会のせいで多少疲れていたのか、同じように窓の外を見つめたまま一言も発しようとしなかった。

馬車から見える風景は、シロイシと比べて格段ににぎやかになりつつあった。街道沿いにはずらりと商家や人家が立ち並び、今まで見てきたどの地域よりも人の絶対数が多い。そしてその遥か向こうに見える巨大な街――あれがズンダー大公のお膝元、ベニーランドの中枢である地区と思われた。

まるで天を衝く山脈のような摩天楼の群れは、王都ですら圧倒するほどの常識外の規模と高さである。ズンダー大公家とは一体どれだけの力を持つ存在なのか、あの摩天楼を見た者は自ずから思い知ることになるだろう。

思えば、これだけの人口密集地帯に入るのは、王都を出てから初めてのような気がした。今まで越えてきた国内有数の空白地帯カスカ・B、雪男との友情を育んだ秘境グンマー、飽きるほど餃子を頬張ったトツィギ――。

思えば遠くに来た自分の旅を省みる時間は今まで少なく、仕立ててもらった馬車に乗ることでやっと一息つくことができたらしい。ほう、と、安堵とも疲労ともわからないため息をついたレジーナの耳に「そろそろナトリ・リバーを越えるど」という言葉が聞こえた。

「ナトリ・リバー？」

「んだ。ベニーランドを流れる大河――このナトリを越えればいよいよベニーランドだ。見ろじゃ、アレが大陸の海路の要、ベニーランド湾だ」

オーリンが顎で馬車の窓の向こうをしゃくった。

レジーナが馬車から身を乗り出して見ると、そこには今まで一度も見たことのない光景が広がっていた。

街の向こうに見える広大な街と空、そのギリギリまで迫った海に、大型の帆船が多数遊弋している光景がある。そのうちの一艘がまるで吸い込まれてゆくかのように街へと入ってゆく。人類の英知の結晶である帆船と、その叡智さえ圧倒してしまう広大な海の輝きが共に見られる光景――それはなんと雄大で、なんと不可思議な光景だっただろう。

「凄い――」

「王都なんかものの数でねぇ、ベニーランドこそが大陸一の大都会だで。ズンダー大公家では本当にすげぇ家なんだな――さて、川越えればすぐイオーンモールだ。そごでなんぼか装備でも準備しとがねばな――」

オーリンがそう言った、その途端だった。

ぐぐ……と急に馬車に制動がかかるのがわかり、ん？　とレジーナは進行方向を見た。

突然のことに驚いた御者が「は……は？」と慌てて馬車を降りるのが見えると、御者は血相変えてレジーナに走り寄ってきた。

「す、すみません。検問ということです」

「検問？」

「と、とりあえず、申し訳ありませんが、少々――」

「どけ」

わたた、とたたらを踏んだ御者を押し退けて、ぐい、と馬車の窓に近づいてきたのは、色鮮やかな赤と白の甲冑に身を包んだ兵士だった。

その肩、金色の鷲の紋章を見たレジーナは、はっと息を呑んだ。

《金鷲の軍勢》――。

それは王都にも聞こえた、ベニーランドを護るズンダー大公家直属の兵士たちの通称だ。その精強さは一人で王都の兵士五人を圧倒すると言われるほどの猛者揃いで、一説には来る王家との戦争に備え、ズンダー家が育成・配備しているのだとも聞く。その猛者たちが直々に街道で検問を行っていることも妙であれば、どう考えてもただごとではない口調でこちらに迫ってきたのも妙なことであった。

「貴様らだな？　シロイシの宿場町でドラゴンを倒したというのは」

レジーナたちが何かを言う前に、兵士は決めつける口調で問うてきた。そのあまりにも藪から棒の問いかけにまごついているレジーナの背後から、オーリンが声をかけてきた。

「ああ、そいは俺で間違いね。なぬが用だが？」

オーリンの強い訛りに、兵士の男は少しだけ顔をしかめたものの、次の瞬間にはニヤリと強面の唇を歪めた。

「残念だが、快適な馬車の旅はここまでだ。生憎だが貴様らに拒否権はない――我々にご同道願おうか」

◆

これはとんでもないことになった――。

揃いも揃って強面揃いの《金鷲の軍勢》に囲まれた馬車を降りたレジーナは、目の前の光景に震えた。

広大なるベニーランドの中心、この大陸一の大都会の、そのまた中枢部。

城下をぐるりと一望できる小高い山――地元では『アヤメ咲く大山』と呼ばれているらしい風光明媚な丘陵地帯だ――その上に築かれた荘厳な宮殿は、レジーナが一度王都から眺めた国王家の王宮、それよりも遥かに豪壮なものであった。

一体どれだけの財力をつぎ込めばこんな大要塞が造れるのか、と真剣に疑いたくなるほどの規模と堅牢（けんろう）さを兼ね備えた、圧倒的な城塞——。それが国内有数の有力豪族であるズンダー大公家の本拠地にして居城・グランディ宮殿であった。

しかもあろうことか、自分はその真ん前に、阿呆（あほう）のように口を開け、ぶるぶると震えながら立っている——。まずその事実が信じられないし、自身たちが今回の騒動の黒幕ではないかと考えていた大公家から呼び出された事態も信じ難（がた）いことだった。

思わず身を竦（すく）ませているレジーナの足元で、さすがのワサオも尻尾（しっぽ）を股の間に仕舞（しま）い気味にし、不安そうにオーリンを見上げている。

「怯（おび）えることはない。あなた方は客人です。我がズンダー大公家はあなた方を歓迎しようとしているのです」

《金鷲の軍勢（ゴールデン・イーグルス）》に守られた、家中では身分の高そうな男が、特徴的な口ひげを指先で捻（ねじ）りながらいやらしい笑みを寄越（よこ）す。このような場所に慣れていない風のレジーナたちを小馬鹿にしていることを隠そうともせず、男は目の中の嘲りの色を濃くした。

「やれやれ、当家の情報網に狂いはないはずですが——少々その情報の出処（でどころ）を疑いたくもなりますな。よもや栄えあるドラゴンスレイを成し遂げた方がこのようにお若く小柄であるとは。そして些（いささ）か佇（たたず）まいも……」

わかりますよね？　というように、んふ、と男は嫌味っぽく微笑んだ。確かに、レジーナたちはあの秘境グンマーを越えてきたままの格好で、お世辞にも身分ある人間に謁見するような格好ではない。そのことを嘲笑われてレジーナが羞恥半分、戸惑い半分で俯くと、オーリンが硬い表情で一歩進み出た。

「俺たちの格好がそったに汚いって言うんだば、帰るど」

オーリンのはっきりとした言葉に、レジーナは少し驚いてその背中を見つめた。

「何も俺たちは格好や見でくれ気にすながら冒険すてるわけでねぇでの。俺も別にお前らさ会いでどが喋りでどが、そった希望はひとっつも無い。そっつの方がこさな汚い乞食さば会いでぐねぇつんなら仕方ねぇな。……それでは」

明確な苛立ちとともにそう吐き捨てて、オーリンはさっさと踵を返し、のしのしと帰ろうとする。何を言っているかはわからないなりに、どう考えても友好的ではない口調の啖呵と振る舞いに流石の口ひげの男も顔色を変え、「ちょ、ちょっと……！」と先回りしてオーリンを止めた。

「ご、ご気分を害されたのなら謝罪いたします。どうぞお進みください、お召し物もそのままで結構です！」

「結構、って何だや？　そいっとも着替えろってが？」

オーリンが言葉尻を捉えて片眉を上げると、男はあからさまに狼狽えた。

「あ、いえ——！　ど、どうぞそのままお進みください！」

口ひげの男は焦ったように言い直し、宮殿の奥を手で示した。その様を文字通り睥睨し、オーリンはすたすたとだだっ広い入り口に入っていってしまう。慌ててその背中を追いかけたレジーナは、人目を気にしながらそっとオーリンに耳打ちした。

「せ、先輩……よくあんなこと言えますね……！　確かに今のは私もムカつきましたけど……！」

「ふん、ツガルもんばナメ腐るんでねぇっつの。ツガルの人間は誰でも強情者だはんでな。下げでぐねぇ頭は下げねし喋りでぇごとは喋るさ」

そうだよな？　というように視線を落とした先で、ワサオも、ワウ！　と同意するように吠えた。この青年、朴訥なばかりの人間と思っていたけれど、やはり度胸がどうのこうのという以上に物凄い意地っ張りだ。今回はその意地っ張りに助けられたな、と思いつつ、レジーナは広すぎて身の置きどころが皆目わからない通路を進んだ。

まるで調度品や芸術品の美術館の如き宮殿を、口ひげの男に先導されて黙々と歩く。一体、我々は誰に、そして何の用があってこんな場所に呼び出されたのだろう……。不安と疑問がないまぜになりながら歩きに歩いた末に、レジーナたちはとある一室に通された。

バタン、と扉が閉じられ、数人の兵士を残して人払いがなされた。

口ひげの男がくるりと振り返り、レジーナとオーリンを見た。

「ご足労ありがとうございます。さて急ですが、これからお二方には、とあるお方に謁見していただきます」

　よろしいですね？　と同意を求めるように男はレジーナとオーリンを交互に見た。

「これより謁見していただく方は、当大公家の執政を務めていらっしゃる公爵閣下、そして軍務の一切を取り仕切る将軍閣下でございます。王である大公殿下を補佐し、この広大なるズンダー領の政務一切を取り仕切っておられるお二方から直々の召喚……申し上げておきますが、これは大変な名誉です」

　ちら、とレジーナはオーリンを見た。オーリンは彫像のように微動だにせず、真っ直ぐに口ひげの男を見つめている。

「更に、これは私からの、ほんの好意でお話しすることですが……お二方からなにかあなた方に命令や依頼がありましたら、断らない方が身のためです。あの方々からの指示は何人たりとも拒絶することはできない。なにせその気になれば日月さえ意のままに操ることができる力を持った方々ですので」

「随分勝手な言い分だね。いいように使われろっつうごどが？」

　オーリンが挑みかかるように言った。そりゃあ、随分一方的な言い分だと、レジーナでも思う。勝手に呼び出しておいて言うことを断るな、というなら、これは失礼を通り越して傲慢極まりない話だった。

だが、口ひげの男はオーリンの抗議を硬い表情で受け流した。

「ほんの好意からの一言、と申し上げたはずです。……まぁ、あのお二方を前にして、なお断りを申し上げる気概がおありであれば、そうなさってみるのもよいでしょう」

青ざめたような顔での言葉に、流石のオーリンも少しぞっとしたような表情を浮かべたのがわかった。却って不気味さを煽る一言を言い置いてから、口ひげの男は「私から申し上げることは以上です」と話を終わらせた。

「さて、いよいよ謁見に移ります。どうぞ気を引き締めて」

口ひげの男が、巨大な観音開きの扉に取り付き、扉を開いた。

途端に――ぞわっ、とレジーナの全身が総毛立った。

なんだ、一体、この広間には何がいるんだ――!?

途端に二、三度も気温が低下したように感じられ、ぶわあっと嫌な汗が毛穴から吹き出た。クゥン、と怯えた声を発してワサオがオーリンの足に縋り付く。そのオーリンも、今まで一度も見たことのない表情でその異様な気配を受け止めている。

「執政、ならびに将軍閣下。客人をお連れしました」

口ひげの男の一言に――薄暗い大広間の中にいた複数の影が蠢いた気配があった。

いずれも恰幅のいい男であることは確認できたが――その表情や佇まいは窺い知ることができない。

「通せ」

たった一言、野太い声が伏魔殿の最奥から響き渡った。口ひげの男が形相だけで、入れ、と命令した。

それでも――なお足が進まないレジーナたちを見かねたかのように、口ひげの男が部屋の中に進み入る。

これは――何がなんでもこの部屋の中に入るほかないらしい。

覚悟を決めて、レジーナとオーリン、そしてワサオはゆっくりと、怯えながら室内に踏み入った。

「客人以外は出ていけ」

室内に入ってすぐ、先程とは違う男の声が大広間を揺らした。口ひげの男が畏まり、逃げるように大広間を出てゆく。

広い闇の空間に、二人と一匹、そして蠢く影だけが残された。

「ほほう――思っていたよりずっと若いではないか。一体どんな武辺者がやってくるかと期待していたのだがな」

地の底から響くようなテノールが、常闇の奥から、まるで舌なめずりをするかのように笑った。

「ドラゴンをも打ち倒す屈強な戦士――個人的にも興味がある。その気になってもらえるなら一度手合わせでも願いたいと思っていたのだがな……」

「将軍、客人相手に失礼だぞ」

一心不乱に何かを咀嚼する音に混じり、別の男の窘める声が聞こえた。

「貴公は強者と見るとすぐに興奮する……悪い癖だぞ。彼らは我がズンダー大公家のために既にひと働きしてくれた恩人だ。傷つけることは許さぬ」

「冗談だ、冗談。しかし執政、貴公も私に劣らず彼らに興味があるのだろう？　声を聞いておればわかる」

その一言に、「ああ……」と応じた男が食事する手を止め、こちらに向き直った。それだけで、まるで蛇がこちらを睨み据えたかのような異様な殺気が肌をひりつかせる。

「無論だ。我々は強い者を愛し、強さを奉じる我が一族――昨日まで何もなかったのに、今やあの伝説のドラゴンスレイヤーが目の前に――」

ニヤ、と、金髪の男がかけた眼鏡の奥の瞳が、邪悪に笑った。

「興奮してきたな」

◆

なんだ、一体何なんだ、この二人は——!?

レジーナは、カチカチ……という自分の奥歯の音、頭の血が下降してゆく音とを同時に耳で聞いていた。

これらは——果たして人間だろうか。

影そのものになっていて相貌はよくわからないが、それはどう見ても常人の背丈と体躯ではない。二人とも特大の椅子に腰を落ち着けているが、それだけでレジーナの身の丈を圧倒する、まるで小山のような身体である。蠟燭の灯りだけでは到底足りない暗がりの中で影そのものになりながらも、二人の男はレジーナたちの品定めをやめない。

「興奮を抑えろ、執政。見ろ、貴公があまりに威圧するから客人が萎縮してしまったではないか」

「何を馬鹿なことを。威圧したのは貴公の方であろう。貴公の顔は普通の人間には怖いのだ」

「それを言うなら貴公の方もであろう。とりあえず食事をやめんか。客人を前にして失礼ではないか」

「こうして人と話しながら食べている限りは太らぬから得なのだ。カロリーは慎み深く、客人を前にすれば遠慮する。客人と話している最中に食べたものは全て、ゼロカロリーなのである」

「ちょっと何を言っているかわからんのだが」

「何がわからぬのだ」

「そろそろ本題さ入ってけねが」

意を決したように、オーリンが口を開いた。

はっ、と、レジーナもその声に我を取り戻した気分になる。

「わんざわざそっちがら呼び出したっつうごどは、何が俺だちささせでぇごどばあるんだべや。こいでも忙しい身での。用事ばあんだら早く言ってけねが」

「ご、御用があるなら承ります、と彼は言っています。あの、執政閣下、将軍閣下……」

咄嗟にオーリンの言葉を【通訳】したレジーナのその一言に、ぴたり、と影たちが動きを止めた。

「そうだ……そうであったな、客人。まずは礼を言おう。そなたらが暴走していた守護の聖竜――マサムネを正気に戻してくれたそうであるな」

男の一人、どうやら黒髪であるらしい、将軍と呼ばれる男が言った。

「マサムネはズンダー大公軍を以てしても調伏の叶わなかった魔物――それを討伐するならまだわかる。だが貴公らはマサムネを正気に戻してくれたと聞いている。……失礼でなければ、一体どうやったのか教えてくれまいか」

「なも造作もないごどでった。呪いだ。マサムネは誰ががら呪いばかげらえでいだった。それを解いだだげだ」

「マサムネは何者かに呪いをかけられていました。彼はマサムネを撃ち墜とし、その呪いを解いたんです」

「ほう――呪いとな」

　金髪の男がサンドウィッチを手で圧縮しながら代わりに答えた。だが、言葉の内容とは裏腹に、その声には些かの驚きも動揺も感じられなかった。彼らズンダー大公家がこの事件の黒幕であるのか否か、到底判別など不可能な声音である。

「一体何者が、とは問うまい。おそらく貴公らにもわかってはおらぬのだろう。とにかくその働きには感謝している。まずそれだけは理解していただきたい」

　言葉こそ丁寧だったが、それは事実上の命令に聞こえた。否、この二人から発せられる言葉であれば、それはどんな言葉でも命令であったに違いない。

「さて、ここからが本題だ。その貴公らの腕を見込んで頼みがある」

　やはり来たか――数段硬くなったオーリンの表情がそう言っていた。この二人は自分たちにただ礼が言いたくてここまで呼びつけたわけではない。竜殺しを成し遂げたオーリンに何かをさせるつもりでいるのだ。

「頼み、っつうど？」

「依頼内容自体は簡単だ。とある方をとある場所から連れ戻してほしい。生かしたまま、だ」

生かしたまま――不穏な一言に、レジーナはごくりと唾を飲み込んだ。

「ここから東の海にある景勝地を存じておるか。東の絶海、マッツシマ群島――」

「マッツシマ、っつうど、あのマッツシマが？」

マッツシマ。その言葉に、レジーナも思い出すものがあった。

そう、この大陸に生きている人間なら誰もが知っているその名前。それはこの東と北の間の辺境地帯にある有数の景勝地と言われる美しき海の名前のはず――。

だがそれについての詳しい予備知識を呼び起こす前に、金髪の男が口を開いた。

「そう、マッツシマ――大陸の三景に謳われる美しき島々。ズンダー大公家秘蔵の庭であり、完全禁足の聖域でもある。その目的の人物はその島のいずれかに潜伏していることがわかっている。それを貴公らに連れ戻してほしいのだ」

「どんだっきゃの。マッツシマに犯罪者でも逃げ込んだっつうのが？　それを俺たちに捕まえろど？　そいはいぐらなんでも俺だぢの仕事でば――」

「口を慎め」

黒髪の男の野太い声での叱責に、オーリンは口を閉じた。

「とにかく、その方の氏素性はいずれ知れることとなるだろう。よいか、もう一度確認する。その方を連れ戻せ。可能ならば無傷で、少なくとも生きておりさえすればよい」

なんだ、一体誰を、何故連れ戻せというのだ。肝心なところは完全にマスクしたままの依頼に、レジーナは強い懸念を覚えた。いずれにせよ、一介の冒険者に依頼する内容ではないことだけは確かである。

「それ以上は――教ぇねっつうのがい」

「いずれわかる、と言ったはずだ。無事にその方を連れ戻すことができた暁には、貴公らにはマサムネ討伐の報酬に加え、更に追加で一千万ダラコの報酬を払おう。どうだ、悪い話ではあるまい？」

その言葉に、動揺しまいと気を張っていたらしいオーリンの目が、それでも僅かに見開かれた。

マサムネ討伐と合わせて二千万の報酬――状況が状況でなければ、悲鳴を上げて手を取り合い、喜び合っていたはずの金額だ。ただでさえ十年は遊んで暮らせる金額の一千万、それが更に倍になるということは、もうこれはイチ冒険者ギルドの創設資金だけにとどまらない金額であるはずだった。

しばし何かを考え、無言で頷いたオーリンに、黒髪の男の目が光った。

「よいか。あの美しき島々がただ美しいだけの景勝地であると思っているなら、今ここでその先入観は捨ててゆくがよい。あの島々を渡って何もないなどとは思うな。あの島々の正体は——いずれ貴公らも知ることになるだろう」

かなり不穏な一言とともに、「依頼」は終わったらしかった。それ以上は何も言うことはない、というように、金髪の男が食事を再開する音が聞こえた。

「以上にて謁見は終了。もういいぜ」

金髪の男が手を叩(たた)くと、先程の口ひげの男が広間に入ってきた。さぁ出ろ、と促されたレジーナは、思わずその場にへたり込みたくなるのをぐっと堪(こら)えながら広間を後にした。

しばらく経(た)っても、まだ歯の根が合わなかった。再び広い通路を歩きながら、今のは一体……と悶々(もんもん)と考えているレジーナは、ふと前を黙々と歩くオーリンの姿を視界に入れた。

珍しいことに、今までどんな修羅場に於(お)いても冷静だったオーリンの額に——脂汗が浮かんでいた。やはりオーリンも恐怖していたのだ、と理解したレジーナは、そこでやっと口を開く気持ちになった。

「せ、先輩、今の人たちは一体——」

「俺(わ)さもわがんね。ただ、話コば断ればどんな目にあわされだもんだがわがんねど。あの威圧感、どう考えでも普通の人間でねぇ——」

　ほう、とため息をつき、オーリンはローブの裾で額を強く拭った。

「ややや、とにがく、奴らの機嫌を損ねねぇようにするのが精一杯でった……命拾いしたでぁ」

　ぼそっ、と、安堵とも痛恨とも取れる一言を最後に、オーリンは無言になった。そのまま黙々と宮殿内を歩き、正門に出ると、空はすっかりと夕焼け模様になっていた。

「執政、ならびに将軍閣下より、お二人への依頼は伺っております。マツシマへ向かわれる……ということでしたな」

　口ひげの男が姿勢を正して言う。二人とも無言でいるのを同意と受け取ったのか、男は話を再開した。

「今夜は最高級の宿を城下に用意しておりますので、そちらにご逗留ください。既に馬車も仕立ててございます。湯浴みなどして、明日への英気を十分に養っていただきますよう」

　それでも――二人とも無言だった。あまりに不穏な依頼内容、明日から自分たちは一体何をさせられるのだろうという不安は、最高級の宿、湯浴み、一千万ダラコの追加報酬などという言葉でも慰められることはなかった。

　それを察したのか、口ひげの男がレジーナとオーリンに視線を往復させた。

「これもほんの好意から申し上げることですが――これからのお二方の旅路は少々辛いも

のになるでしょう。執政と将軍閣下の命令は絶対です。逃げることも、断ることもできはしない。ましてや、あのマッシマからあの方を連れ戻せなどとは――」

男はそこで、そう言いかけた自分を戒めるかのように口を閉じた。

「まぁいい、それ以上のことは言わなくてもわかっているでしょう。どうぞ、くれぐれもお気をつけて。――私からは以上です」

口ひげの男はそう言い、レジーナたちを馬車へと案内した。

今まで乗ってきたものとは段違いの広さ、そして豪華さを誇る馬車に腰を落ち着けると、馬車はゆっくりと動き出した。

「――もう考えでもダメだなや。覚悟決めるすかねぇべや、レズーナ」

ふと――馬車が出発してからしばらく経った時、オーリンが重い口を開いた。

この国ではかなり珍しい漆黒の瞳が、ある種の決意を浮かべて夕暮れのベニーランドの夕焼け空に結ばれる。

「何はなくとも――ここがらは意地張る（じょっぱる）すかねぇさ」

意地張る（じょっぱる）――。

その不思議な語感に何故だか少し勇気づけられた気がして、レジーナは頷きを返した。

第二話

シチジュウシチ（試練）

マッシマや　あぁマッシマや　マッシマや——。

かつてその絶技を以て数多の敵を屠り、歴史の闇を暗躍していた最強の忍は、この美しき海を目の当たりにし、思わずそうハイクを詠んだのだそうだ。

『灰聖』と讃えられし史上最強のニンジャ・バショー——ニンジャカラテの達人であり、これから屠るつもりの敵に対し風流にも辞世のハイクを要求したと伝えられる男は、今ではハイクの大成者として、そしてこの東と北の間の辺境地帯を旅した偉大なる旅人として、人々に尊敬されている。

決してその活躍を知られず、決して称賛を受けず、粛々と闇の人生を生きた男の目には、この青い海の輝きはさぞかし眩しく感じたに違いない——思わずそんなことを考えてしまうほど、目の前の光景は圧倒的だった。

空よりも青い海、輝く緑の島々、吹き渡る風、太陽の輝き——。

空渡るウミネコたちが漂泊する青い空。

空の清廉さをまるごと取り込んだかのような海の群青が織りなす、圧倒的なスケール感。

陽光を受けてきらめく大海原、そしてまるで宝石のような島々の輝き――。

レジーナはいまだかつて、これほどに雄大で、美しく、鮮やかな光景を見たことがなかった。

思わず胸を開き、腕を広げ、海風をいっぱいに吸い込んでみる。湿っていて、だがどこか芳しい潮の匂いが全身の細胞に行き渡り、一息ごとに自身の身体が清められていく感じさえする。

ほう、とため息をついたレジーナは、目の前に広がる光景にしばし茫然となった。

これが、これが『大陸の三景』と謳われる美しき海か。

「これが、マツシマ――」

あまりに圧倒的な光景に思わず呟くと、フフ……というくぐもった笑い声が背後から聞こえた。振り返ると、オーリンが少し可笑しそうに船の舳先に立つレジーナを見ていた。

「何を感慨に浸ってんだや、レズーナ。お前さはわんつか似合わねんでねぇがい。さっきのさっきまで不安だ不安だって愚痴ってらったのはどさ行ったのや」

「あっ、酷くないですか!?　そりゃまだ不安ですけど……こんな綺麗な風景を見たら感動ぐらいはしますよ、私だって！」

「まぁ、確かになぁ……俺も久しぶりに来たね。いづ来てもここはまんず綺麗だね」

口を尖らせるレジーナの言葉に、オーリンも目の前に広がる青の世界を見つめた。

「マツシマさ来たのは久しぶりだの。子供の頃、ツガル村のリンゴ組合の研修旅行で連れて来てもらって以来だ。あの頃となも変わってねぇんだな」

「久しぶり……って、先輩って意外にいろんなところ行ってますよね。王都に来るまでアオモリから一歩も出たことないんだと思ってましたけど」

「すたなわげねぇべの。いぐら田舎者だからって馬鹿にすな、こら」

オーリンが少しムッとしたような表情になったが、それも一瞬のことだった。人間はこんな雄大な自然を前にすると不機嫌で居続けることはできないものらしい。

「マツシマや、ああマツシマや、マツシマや……本当にそう言いでぐもなる。言葉っつうものが出はってこねぇもだね。バショーもこいば見でなんぼ感動したべな」

「バショー……『灰聖』ですね、ニンジャの」

「そう、ニンジャだ」

オーリンは頷いた。

「史上最強のニンジャ、灰聖バショー……あの人は東と北の間の辺境を旅したごどがあるんだずおな。本当は偵察任務であったのがもわがんねけど、とにがくマツシマに凄く感動すたのは本当らすぃ。東と北の間の辺境ではあの人は有名なんだど」

「へぇー、先輩って物知りなんですね。バショーって血も涙もない冷酷な暗殺者のイメージがありましたけど」

「そうではねぇど、バショーはすげぇんだ。他ばよ……」

なんやかやと話してみると、口下手で朴訥だとばかり思っていたこの青年は意外にも話し好きであるようだ。ズンダー大公家が用意してくれた大型船に揺られながら、しばしレジーナはオーリンの話を聞いてみる気になった。

その言葉はやっぱり猛烈に訛っていて、レジーナの【通訳】のスキルがなければとても理解不能な言葉だったに違いない。けれどその先入観を排してみると、これが割と一聞に値する話ばかりで、それから三十分ほど、レジーナはオーリンの話に聞き入った。

「思えば、先輩とこうしてゆっくり話をしたのは初めてですね」

頃合いを見てレジーナが言うと、オーリンも「なんだや、急に」とびっくりしたような表情を浮かべた。

「だって先輩、『イーストウィンド』ではほとんど喋ってたイメージがなくて。いつも話しかけてもはにかむだけだったから」

「そりゃそうだね。俺は言葉がこえだがらな。王都の人間は俺が何喋ってるがわがんねど思ってらったし」

　そう言ったオーリンは、海の向こうに輝く美しい島々を見つめて呟いた。

「まぁ、俺もアオモリから出はってきて、こいったげ人ど話コばすたのは初めでだがもわがんねな。なにせ言葉が通じる相手がいねがったし。何喋てもぎょっとすた顔されるばりでよ、そのうぢ喋んのがおっかねぐなってきてな――」

　ははは、とオーリンは笑った。だがその笑いは、やはり隠しきれない孤独感が滲んていたように思う。

「それが原因でギルドば追い出されだのは少し予想外だったどもな……んだども、初めで話が通じだ相手がお前で良がったよ、俺は」

　オーリンが急にそんなことを言い出し、レジーナは少し慌てた。

「せ、先輩、何を言い出すんですか、突然……！」

「いや、本心だで。もすお前がハッパかけでけねがったら、あのままどさがポイと身投げしてだがもわがんねっきゃの。それぐらいは落ち込んでいだったぉんね。俺、あのどぎお前がいでけでよがったでば。今の俺があんのはよ、お前のおがげさんだね。――そう言えば礼も言ってねがったけどよ……ありがどな、レズーナ」

　そう言うオーリン自身も恥ずかしいのか、照れたようにぼそぼそと言った後、はにかんで俯いてしまった。言葉はともかく、よく見ればそんなに悪くはない見てくれの好青年がそんな可愛らしい仕草で照れるのを見て、レジーナの心の中に妙な気持ちが芽生えた。

あれ、これってもしかして……。

——繰り返しになることだが、この齢十九歳の乙女には、「人との距離感がバグる」という、とても悲しい性分がある。

他人に少し親しくされれば友達だと思い込んで次から馴れ馴れしくし、異性から少し優しくされると「この人もしかして……」といらぬ勘違いをする。

人付き合いにおいてどちらかと言えば致命的な弱点を持ったこの乙女の脳みそは、その時、異性から少しストレートな感謝の言葉をぶつけられたことで、あっという間に誤作動を起こした。

さっ、と、レジーナは尻をにじり、座っているオーリンとの間を開けた。

オーリンが不思議そうにレジーナを見つめる視線に気づかず、レジーナは恋する乙女そのものの表情でぎゅっと胸に手を当てた。

「そ、そんな、ダメですよ先輩……」

「はえ？」

「わ、私たちはあくまでパーティメンバーなんですから。そんな関係になるなんて……ダメ、ではないですけど、多分まだ早すぎます」

「はぁ？　何言ってらんずや、お前？」

「いや、だって、今のって完璧にそういうことじゃないですか……！　わっ、私、まだ先輩とそういうこととか全然考えてないし……！」

「おい、本当に大丈夫がよ？　顔色変だど。船さ酔ったんでねぇのが？」

「えっ？　なっ、なんですかその表情？　……ハッ!?　まさか先輩、私をからかったんですか……!?」

「はぁ？　な、なんだってな……!?」

「酷い……酷いです先輩！　乙女の心を弄ぶなんて！　先輩を純朴なイモ系田舎男子だと思っていた私の純情を返してください！　キィーッこんな人畜無害な顔して乙女心を弄ぼうだなんて！　都会の人混みに流されてよごれっちまったイモかアンタは！　どこだ！　どこでそんな手練手管を覚えた！」

「お、おい、やめれ！　ロープ引っ張るな！　破れる！　破れる！」

と……その時。ゴトン、と音がして、船にゆっくりと慣性がかかるのがわかり、レジーナはオーリンの胸ぐらを摑んで揺すぶるのをやめた。そういえば存在を忘れていたワサオが前脚を伸ばして船べりにかけ、尻尾を振りながら、ワン！　と吠えた。

見ると——船はひときわ大きな島の入り江に入り込み、海面には小舟が降ろされている。

ここが目的地なのか……と思っていると、オーリンがレジーナの手をやんわりと振り払って立ち上がった。

「さぁ、船旅は終わりらすぃの。蛇が出はるが鬼が出はるが、探検ど洒落込むべし」

そう言うオーリンの表情からは既に先程の純朴なイモ男子の幼さは消え、精悍な魔導師のそれに戻っていた。

その表情を見たレジーナも、慌ててまだ半熟な新米冒険者の心をバラ色一色になっていた脳内に呼び戻した。

いかんいかん、何を考えているんだ、レジーナ・マイルズ、あなたは冒険者なのよ？如何に先輩が私のことを愛してくれていたとしても、今の私には応えることができないということを忘れたの？

何故なら、私は冒険者だから。

これは田舎から出てきたズーズー弁丸出しのイモ系青年とのハチャメチャ♡ラブロマンスではなく、れっきとした冒険のストーリーなのだ。

冒険者は危険を冒して栄光に手を伸ばす人々。その際に色だの恋だの情だの、冷静な判断を害する余計な感情は却って重荷になってしまう。だから私は先輩の想いには応えることができない。そう、「今はまだ」——。

すう、と、レジーナは心を鎮めるために息を深く吸い、吐いた。

それだけで乙女の心は鎮まり、反対に新進気鋭の新米冒険者の魂が蘇ってくる。

全ての浮ついた感情を捨て、克(かっ)と目を見開き、レジーナは目の前の光景を見つめた。

「さぁ、行きましょう先輩。私たちの未来のために」

キリッ、と、いい声といい表情でレジーナは言った。えっ？　と驚いたようにレジーナを振り返ったオーリンは、「お、おぅ……？」と中途半端な返事をした。

◆

「ちぇっ(じぇっ)！　結局、俺(わんど)たちで船漕(こ)いで……探せって言う(へる)のがい……！」

「てっきり私たちの指示でアレコレ船を動かしてくれるものだと……！　アッ先輩！　船が右に曲がってます！」

「わい、潮さ流さえだが！　えい畜生(つくしょ)、曲がれ！　曲がれっつの！」

「よしよし、そんな感じです！　……ワサオ、本当にこっちでいいの？」

レジーナが手に持ったハンカチをワサオの鼻先に持っていって確認すると、ワン、とワサオは一声吠え、海の向こうを見据えたまま激しく尾を振った。

【なも心配(あんつこと)ね、俺(わ)さついで来ッ】

【通訳】されたワサオの力強い言葉に、これは任せられる、とレジーナは確信した。そのろう。

鋭い嗅覚を活かし、確実に目的の人物がいる島まで自分たちを連れていってくれることだ

「ゼェゼェ……！　あー、疲れた。こいだっきゃ島さ着く前に参ってまるではぁ……！

ふんぬ……！」

ズーズーと大騒ぎしながらオーリンは必死の形相でオールを漕ぎ、小舟を進めている。

たまにレジーナが漕ぎ手を代わってやるべきなのだろうが、この小舟の大きさでは立ち上がることもできはしない。任せるしかない、と涙を呑んで、レジーナは少しずつ近づいてくる島影を見た。

昨夜、ズンダー大公家が用意してくれた宿で作戦会議をした時に問題になったのは、その捜索範囲の広さだった。

何しろ、この絶景・マツシマ群島には、大小様々な島が実に二百以上あると言われているのだ。海の広さも含めれば、これは総当たりで人探しをすることはまず不可能な数だった。その時ワサオが「俺に任せろ」と自信満々に言い出さなければ、きっとオーリンもレジーナも途方に暮れていたに違いない。

このハンカチは、その「さる人物」が使っていたというゆかりの品。こんな微かな匂い、潮風に吹き消されてしまうのではないかと心配だったけれど、ワサオは有能だった。流石犬——否、フェンリルと言える嗅覚の鋭さで、ワサオはレジーナたちを確実に導き、ある

島へと真っ直ぐに誘っていた。

あの島か——大小様々な奇岩が立ち並ぶ中で、レジーナはひときわ大きな島のひとつを正面に見た。

人一人がよじ登るのもやっと、島というよりは単なる岩礁と言える島も多いマツシマ群島の中でも、その島は珍しく、一周歩いて回るのに半日もかかりそうな大きさに見える。なるほど、一体誰が何のつもりでこんな島に潜伏しているのかは知らないが、とにかく潜伏するには都合が良さそうな大きさだ。

「よぉーし先輩！　あの島で間違いありません！　あともう少し頑張りましょう！」

「っく、他人事だと思い腐って……！　お前も漕げよ、なんて馬鹿馬鹿しい……！　ああ、まだ右さ曲がってら……！」

魔法以外は不器用なのかなんなのか、オーリンはともすればその場をぐるぐる回りかねない手漕ぎ船をなんとか制御している。それからたっぷり三十分もかけて、レジーナたちはようやっと目的の島に辿り着いた。

適当な砂浜に小舟をずり上げ、島を注意深く観察してみる。

砂浜の先は鬱蒼とした森で、特に変わったところはなにもないように見えるが……ワサオは既に鼻を高く上げ、目的の人物の匂いを嗅ぎ取っているようだった。

「あー疲れた。早速帰りでぇよぉ……」

「なぁにを初っ端から弱音吐いてるんですか。冒険者が冒険心を忘れてどうするんです。さぁ、行きますよ先輩」

レジーナはチャキチャキと言い放ち、ワサオを先頭に歩き出す。ワサオは地面に鼻を寄せたり、高く鼻を上げたり、実に巧みに嗅覚を操って、惑うことなく森の奥へと歩み入っていく。

当然無人島らしく、森からは時折鳥の声と、遠くに潮騒が聞こえるだけの静かなものだった。

そういやあの、人を殺していそうな顔の執政と将軍は、マツシマは完全禁足の聖域だと言っていたけれど——本当にこの島に人などいるのだろうか。

そもそも、探して連れ戻せと言われた人物は、何故こんな島に潜伏しているのか。

しかも執政や将軍が「あの方」と上げて呼んでいるのも気になるし、探すべき人物の氏素性を教えないのも奇妙だ。

その人物が失踪したという事実すら隠したいのか、あるいは……と考えたところで、オーリンが口を尖らせた。

「へっ、なんも奇妙なごどもねぇ、普通の島でねぇが。俺たちさわざわざ人探しを頼む理由があるってがよ」

確かに——オーリンの愚痴はその通りだ。

ズンダー大公家には一体何人の兵がいるだろう、二万だろうか三万だろうか。

その兵士たちの一部に命じて島を総当たりさせれば、いくらかくれんぼの達人でもすぐに見つかってしまうだろうに。

そうはできない理由があるのか……と考えた時、じゃりっ、とレジーナの靴裏が何かを踏んだ。

「おや、これは……」

レジーナは見つけたものを丹念に調べてみる。

これは──炭化した木片だ。ということは、誰かがここで火を焚いたということだ。やはり人がいる痕跡があるのは間違いない。

「先輩、焚き火の跡です。やっぱり誰か島にいますね」

「へん、随分わがりやすぃ証拠を残してるもだねや。さっさとそいづば探して、首さ縄つげで引っ張って帰るべしよ」

「そんな、ヤギじゃないんですから……もう、先輩も少しは積極的になってくださいよ。二千万ダラコの仕事なんですよ？　いくらなんでも露骨に面倒くさがりすぎ……」

レジーナがそう言った、その瞬間だった。

ズシン……という、重い地鳴りが足を伝って響き渡り、うわっ、とレジーナは声を上げた。

「なんだや──地震が？」

ギャアギャア、とけたたましい声を上げて、森から一斉に鳥たちが飛び立ってゆく。

一体今のはなんだ、と考えた途端、メリメリ……と森の木立が引き裂かれる鈍い音が響き渡り、オーリンとレジーナはぎょっと目を瞠った。

ウーッ、と、ワサオが鼻面に皺を寄せて唸り声を上げる。

なにか来る、とその覚悟が定まらないうちに――「それ」は地響きとともに現れた。

まず見えたのは、岩の塊であった。

その無骨で不細工な岩の連なりが、あろうことかまるで人間のような掌で太い幹を摑み上げ……まるで小枝をへし折るかのように握り潰した。

うわあっ、とレジーナが悲鳴を上げた途端、巨大な岩の塊に手足をつけただけ、というような、アンビバレントな塊がのしのしとやってきた。

大きい――。

まるで岩山が生命を得てそっくり歩き出したというような、巨大で圧倒的な存在。

それは生物ではない。精霊が岩に宿り意思を持つことで成立する、れっきとした自然現象のひとつ――。

「ほう、ゴーレムがや……」

オーリンが多少感心したように呟いた。

あわわわ……！　と身も蓋もなく慌てたレジーナは、オーリンの身体の陰に隠れた。

「せ、先輩！　お願いしますね……！」

「ああ、任へろ。ゴーレムごどぎに負げるアオモリ人でばねぇ。ゴーレムなんどオイラセでなんぼ戦ってきたがわがんねでの。……レズーナ、少し退いでろや」

一瞬で貫禄ある魔導師そのものの顔に早変わりしたオーリンは、レジーナを避難させた上で、実に堂々とゴーレムを見上げた。

ぶしゅう、と、胴体に半ばめり込んだゴーレムの頭から蒸気が上がり、目なのであろう朧気な光がオーリンをぐっと見下ろした。

「さぁゴーレム、一対一の喧嘩だど……」

オーリンがそう言い、身体を開いて戦闘態勢をとった、その途端。

「うるァあああああああああああああッ!!」

――甲高い、奇妙な声が森の木立に響き渡った。

◆

「は――!?」

レジーナも、そして流石のオーリンも、ぎょっと空を見上げた。

何かはわからない、とにかく「黄色いなにか」がまるで石礫のように視界に割り込んできたと思った瞬間、それはあろうことかゴーレムの頭の上に着地した。

「な、なんだえ——!?」

そう叫んだオーリン以上に慌てたのはゴーレムの方だ。突如頭の上に降ってきた何かにバランスを崩し、まるで人間がそうするかのように腕を振り回し、「それ」を払い落とそうとする。

だが着地した何かはよほどしぶとくしがみついているらしく、ゴーレムは半ばパニックを起こし、足を踏み鳴らして暴れまわる。

グオオオ……！　と、ゴーレムが苦悶の声、というよりは苛立ちの咆哮を上げた途端、レジーナの目にも「それ」の正体がやっとわかりかけてきた。

あれ——あれは。

まだ若い——否、幼いと表現した方がしっくり来るであろう、愛らしく整った顔立ちの人物。

肩で切り揃えた金髪を振り乱し、唇を噛んで、必死の形相でゴーレムにしがみついているもの——。

あれは――少女だ。

それも天使のように愛らしく、どことなく気品漂う貴人のような――。

一瞬、その光景をありのまま全て呑み込むことを、脳が拒否した。

混乱、の一言のまま思考停止したレジーナの前で、少女が立ち上がった。

ぐらぐらと揺れるゴーレムの上に危なっかしく仁王立ちした少女は、腰の両側に提げた剣の柄に両手をかけ、一息に抜き放った。

照覧あれ、これが音に名高き二刀流、白く光る氷の刃――。

脳がその先の光景を勝手に紡ぎ出そうとしたものの、少女の手に実際に握られていたのは、滑らかに磨き抜かれて艶光りする――木の棒であった。

「え、木刀――？」

そんなまさか、と思いかけたものの、少女はその剣――否、木刀をまるで剣闘士のように構えると、膂力を総動員し、気合いの一言とともにゴーレムめがけて振り下ろした。

「やあああああああああああああああああッ!!」

熱意と気迫だけは十分に伝わる怒声とともに振り下ろされた木刀が、ゴーレムの頭を粉微塵に砕く――結果とは、ならなかった。

ゴツッ、ビィン……と、湿っていて間抜けな音が響き、木刀を叩きつけた少女の腕から頭のてっぺんまで、震動が駆け抜けたのが見えたような気がした。

「いっ……！　つぅ……!!」

見てくれ相応の、少女そのものの悲鳴を上げて、闖入者は顔をしかめた。

なんだ、一体何なんだ？

一体全体、何がしたくてやってきたんだ、こいつは——？

オーリンもレジーナも、おそらくワサオも、全員がそう思った。

ともかく——黄色い少女が手の痛みを嘆くのを座して待つゴーレムではないようだったことは確かである。ぐっ、と思い切り仰け反ったゴーレムは、フンッ、と高速でお辞儀を繰り出し、黄色い少女が遂にずり落ち……否、振り飛ばされた。

「おぶっ！　あべべべっ……！」

まるでゴムボールのように地面に転がった少女は、あわわ、とへたり込んでゴーレムを見上げる。

その顔には既に先程の闘志はなく、踏み潰されるのを待つネズミそのものだ。

ゆらり、とゴーレムが動き——右足を少女の脳天めがけて持ち上げる。

ヤバい、踏み潰される……！　とレジーナが目を瞑った、その瞬間。

「【拒絶（マネ）】ッ！」

鋭く響き渡ったオーリンの声、ガキン！　という音が連続し、レジーナははっと目を開けた。

少女を踏み潰すはずだっただろうゴーレムの右足を、極彩色に輝くオーリンの防御障壁が受け止めていた。

「やい、そごの黄色い奴（やつ）ァ！」

オーリンが物凄（ものすご）い形相で少女を怒鳴りつける。黄色いやつ、と言われた少女が、ぎょっとオーリンの方を見た。

「何すてらんだばアホ（ホジナシ）このォ！　戦闘の邪魔だ、退（ど）ぐくされァこのクソボゲ子供（わらす）ァ！」

ああ、言葉の内容も然（さ）ることながら、先輩の口から「くさる」が出た。これは本当に怒ってるな、と直感したレジーナは、木立の陰から身体を出して叫んだ。

「そこのお嬢ちゃん！　こっちに来なさい！　早く！」

弾（はじ）かれたように今度はレジーナを見た少女は、一瞬迷ったような表情を浮かべた後、ひいぃ、と情けない悲鳴を上げ、ハイハイで近づいてきた。

「大丈夫、怪我（けが）はない!?」

肩に手を回して擦ってやると、少女ががくがくと頷いた。よほど怖かったのか、触れた肩はまるで氷のように冷たく感じられ、まるで錦糸のような金髪が小刻みに揺れた。

その間にも――グオオオオ！　と怒声を張り上げたゴーレムが右手を振り抜き、オーリンを狙う。

オーリンはその場から微動だにすることなく、無詠唱で防御障壁を展開した。

「【拒絶】!!」

ゴォン！　と、鉄の一枚板を一撃したような轟音が響き、ゴーレムの拳との間に火花が飛び散った。

レジーナの前で頽れている少女が、その光景を見て息を呑んだ。

「今度こっから行ぐでぁ！　――【連唱防御】ッ!!」

その宣言とともに、ゴーレムの眼前に一瞬で防御障壁が展開され、ど突かれたゴーレムの身体が後ろに弾き飛ばされた。

そこへ二枚目、三枚目、四枚目……と、次々と防御障壁が現れ、ゴーレムを猛然と森の奥へ押し戻し始めた。

「すっ、すごい……！」

少女が、まるで手品師の手品を見たかのように声を上げた。

ゴォン、ゴォン……！　と凄まじい硬度同士が激突する音が連続し、オーリンの展開した障壁が最後にゴーレムの鼻先を捕らえ——ゴーレムがもんどり打ってひっくり返る。

ズシン、と、巨岩が崩れ落ちる音が響き渡り、ゴーレムが沈黙した。

やったのか……とレジーナがほっとため息をつくと、手を下ろしたオーリンがのしのしとこちらに歩み寄ってきた。

ん？　なんだろう……とレジーナが思った矢先、オーリンがまだ両目が飛んだままの少女の脳天に、ゴツンと拳を振り下ろした。

「あいだぁっ！　……んな、何をする!?」

両手で頭を押さえた少女が、涙目になってオーリンを見上げた。

「何をするってこっつの言葉だ、馬鹿阿呆間抜け(ほんつけホジナシたふらんきや)このォッ!!」

その少女の抗議(わんか)に倍する怒りの声で、オーリンが少女を怒鳴りつけた。

「あと少しでお前(な)ばハヂノへ煎餅汁(せんべじる)の煎餅(せんべ)みでぇになって死にくたばるどこだったんだどォ！　殴られる(ふたがえる)ぐらいなんだや！」

その怒声の物凄さよりも、今まで一度も聞いたことのないだろう言葉に、はっ？　と少女は目を点にした。

「まったぐ、たまっだま俺(わ)がここ(こさ)にいだがら良(い)がったようなものを……！　ここはお前(な)のよんた子供(わらす)の走り回る(はっけまわる)どこでねぇっ！　さっさと(ちゃっちゃど)家(え)さ帰(け)れ！」

ああ、いつもよりも格段に訛(なま)っているし早口だ。どうやらオーリンは相当に興奮しているようだった。まだ目を点にしたままの少女の肩を背後から抱き、レジーナは努めて優しい声で話しかけた。

「ね、ねぇあなた、どこから来たの？　ここは禁足地のはずでしょう？」

小さい子供に話しかける口調で、レジーナは続けた。

「バレたらお父さんとお母さんに怒られちゃうわよ。さぁ、私たちが後で送ってあげるから帰ろう、ね？」

その言葉に、少女は燃えるような目つきでレジーナを見つめた。

えっ、とレジーナが気圧（けお）されるものを感じると、少女は顔を歪（ゆが）めて叫んだ。

「誰に向かって口を利いておるのだ！　私はこれでも十四歳だぞ！　もう十二分に大人だ！　親の庇護（ひご）が必要な歳（とし）ではない！」

「十四だぁ？　やぱし餓鬼ッコでねぇが」

冷やかすようにオーリンが言うと、少女の怒りの矛先が今度はオーリンに向いたようだった。

「貴様もだ！　私は別に助けてくれと言った覚えなどないぞ！　さっきは油断したが、もう少しであの岩の塊をこの豪剣で真っ二つにするところだったのだ！」

「真っ二つ？　その棒きれッコ二本でば何年かがんだが」

オーリンが少女の握った木刀を見て鼻白む。かなり剣に近いデザインになってはいるものの、やはりどう見ても金属ではなく、単なる木の棒である。本当に、なんでこんなものを振り回してゴーレムに立ち向かえると思ったのか、不思議というより噴飯ものであった。

「くっ……！　わ、私の《月》と《調》を馬鹿にすると手は見せんぞ、下郎！　おのれ、この私に向かって何たる狼藉を……！」

「はぁ？　狼藉ってなんだや？　田堰小堰の狼藉が？　水コが出はって泥鰌コど鰍ッコが喜ぶが！」

「ちょ、先輩！　可哀想ですよこんな小さな子に！　とにかく落ち着いて……！」

と、その時、ズリ……という鈍い音が聞こえて、レジーナたちははっと顔を上げた。青天井を見てひっくり返っていたゴーレムが短い手足を精一杯伸ばし、ぐいと上体を起こしたところだった。

それを見た少女が「ひぃ……！」と悲鳴を上げ、真っ青になってレジーナの首に抱きついてきた。

「ややや、やぱしちゃんと叩かねばまねが……」

オーリンがゴーレムに向き直り、左手を剣のように掲げた、その時だった。

ゴォ……と、なにか風が通り抜けるような擦過音が聞こえたと思った次の瞬間、鋭い太刀音が森に響き渡った。

「うわっ——!?」

その轟音にオーリンがぎょっとたじろいだ刹那――ゴーレムの身体の正中線に亀裂が走り――それは見る間に広がって、遂にゴーレムを真っ二つに両断した。崩れてゆく己の身体に、ゴーレムはあたふたと自分の身体を検めたが――もうその時にはゴーレムの運命は決していた。

数秒後、ゴーレムの身体はガラガラと崩れ落ち、再びモノ言わぬ石塊の連なりに戻っていった。

「ゴロハチ様、ご無事か！」

不意に――呆気にとられていた頭をそんな言葉で蹴飛ばされ、オーリンとレジーナは声のした方を見た。

ゴロハチ――？　なんだか凄まじく厳つい単語だが、人の名前だろうか？　一瞬そんなことを思ったレジーナの腕の中で、震えていた少女がパッと顔を輝かせた。

「あ、アルフレッド――！」

「ゴロハチ様！　ああもう、また勝手にいなくなったと思ったら……！　ゴロハチ様！」

「ごっ、ゴロハチって呼ぶな！　イロハと呼べといつも言っておるだろうが！　厳つくて気に入っておらんのだ、その名前は！」

アルフレッド、と呼ばれたのは、銀髪の美しい青年である。如何にも武人、といった美しい立ち姿、右手に抜き身の剣を握っているところを見ると、さっきのゴーレムはこの青年が両断したものらしい。

青年は抜身の剣を鞘に納めることもなく歩み寄ってきて……そこで初めて、少女をかばうように抱き締めているレジーナの姿を視界に入れたようだった。

「ん？　ゴロハチ様、この方たちは……？」

「おお……それについてなんだがな」

少女はレジーナの腕の中から脱し、レジーナの前に立つと、偉そうに腕を組んで仁王立ちした。

途端に、さっきの怯えた小動物のような空気は消え——代わりに、妙な威圧感が少女の身体から放たれ始めた。

「ところで……そなたらは一体何者だ？」

「へっ？」

「この島はズンダー大公家が完全禁足地に指定している聖域ぞ。漂着したのならともかく、勝手な理由で立ち入ったら極刑も有り得る。こんなところでそなたらは何をしておったのだ？　苦しゅうない、包み隠さず委細を申し述べるがよい」

さっきから一転、なんだろう、この猛烈な上から目線は。

一体全体この少女とこの青年は誰なんだ、とレジーナが困惑していると、オーリンが口を開いた。

「俺たち(わんど)が何者がよりも、まず最初にそっつが誰なのか教えろ(すかへろ)でぁ。ガキの癖してこすたらどごで何を――」

「これ、貴様！」

オーリンの言葉に、青年がいきり立ったように声を上げた。その剣幕の激しさにオーリンが目を丸くすると、青年は少女とオーリンの間に身体を差し挟み、オーリンの顔に顔を押し付けるようにした。その行為に、うわ、とオーリンが思わず身体を仰け反らせる。

「ガキ、とはなんだガキとは！　貴様、ベニーランドにいながらこの方がどなたか存じおらぬのか！」

「な、なも……」

「こちらにおわす方をどなたと心得る⁉　本来ならば貴様ら市井(しせい)の者はおいそれと声もかけられぬ貴人であるのだぞ！」

「はぁ……？　貴人、って？」

皆目訳がわからないというように顔をしかめたオーリンに、銀髪の青年は苛立ったようだった。

青年は眼鏡(めがね)のブリッジを一度中指で押し上げてから、実に大仰な所作で仁王立ちした少女を指し示した。

「この方こそは畏くもズンダー大公家がズンダー十四世様であらせられる！　揃いも揃って頭が高い！　控えよ、下郎ども！」《大公息女》……イロハ・ゴロハチ・

◆

「ぷ、大公息女――!?」

そう、この国の王家をも凌ぐ富、名声、武力を保有する、この国で最も影響力のある存在、ズンダー大公家。その発言は国際情勢をも揺るがし、そう願えば太陽や月星の運行さえ真逆にしてしまえるほどの力を持った存在がズンダー大公という存在である。

それが、その存在こそが、こんな小さな少女……!?　その身に小国一国と同等の力を秘める、圧倒的な存在であるというのか。

レジーナの素っ頓狂な悲鳴に、フフン、と少女が得意げに鼻を鳴らした。

「そうそう、それでよい。それこそが然るべき反応である。先程の私への献身を鑑み、今までの無礼は平に許して遣わそう。だがそちらの男、そなたの先程の一発は……」

「プリンセス……い、い、いんろは、ごろはぢ……」

ブツブツとなにか独り言を言いながら、オーリンは四苦八苦と表情を歪め、それから憐れむように少女を見た。

「お前の名前、エロハってんだが。呼びにぐい名前すてんなぁ……」

「なっ……⁉　そっ、そんなこと言われたの初めてだぞ！　たった三文字だろうが！　これ以上なく呼びやすいだろう！」

「イの後さロが来る時点でもう……みどりの窓口だけんた名前だね……エロハ、これで良いな？」

「エロハになっているではないか！　イだ、イ！　いろはにほへとのイロハだ！　人をエロガッパみたいに呼ぶな！」

「アオモリではイもエも一緒だっきゃ。エロハ」

「だぁぁーもう！　不敬も不敬だぞ貴様！　キィーッ！」

ドスドス、と地団駄を踏んで、少女――イロハは憤慨した。

それを見ていたアルフレッドが困惑したようにイロハを見た。

「プリンセス……」

「ぐぬ……もうよいアルフレッド。話が先に進まんのでな。それにこの男にも別に悪気があるわけではないらしい。単なる何喋っているかわからん田舎者ということで、これも平に許して遣わそう」

「は。ご憐憫の籠もったお言葉、誠にご立派でございます」

途端に、アルフレッドは剣を鞘に納めて畏まった。なんだか一方的に許す許さないを決めるイロハは、うぇっほん、と咳払いをひとつして、それから再び口を開いた。

「大公息女、イロハ・ゴロハチ・ズンダー十四世の下問である。そなたらは一体何者だ？何故ここにいる？」

「俺たちはの……」

「あ、いいです先輩！　私が説明します！」

レジーナは口を開きかけたオーリンを遮って説明した。どうせオーリンの操る言葉は、自分が【通訳】しなければ他人と意思の疎通など不可能なのである。

「私はレジーナ、そして彼はオーリンといいます。私たちはズンダー大公家の執政閣下と将軍閣下の依頼を受けてこの島に来た冒険者です。ある高貴なる方を連れ戻すように、との依頼で……」

ごくっ、と、レジーナは唾を飲み込んでから、確信を持って問うた。

「連れ戻すように言われたのは、あなた、なんでしょうね……」

レジーナの言葉に、何故なのかイロハが顔を歪め、ハァ、とため息をついた。

「まったく、執政と将軍の考えそうなことだ、あの仲良しどもめ……。私はしばらく戻らぬとあれほど言っておいたではないか。それをこんなみすぼらしい冒険者まで雇って連れ戻そうとするとは」

呆れた、というように再びため息をついて、イロハは宣言した。

「それでは一言伝言を願おう。私は今しばらく戻らぬとな」

「ちょ、それでは……！」

「それでも二人が四の五の言うようであればこう伝えよ。――私は必ずやこのマツシマで七十七(しちじゅうしち)の試練を乗り越え、誓いを立てて帰る、と。そうすればあの二人も手ぶらで帰ったそなたらをズンダー名物・油風呂に座らせるようなことはすまい」

「七十七の試練？」

オーリンが口を開いた。

「なんだば、その七十七の試練っつうのは？」

その問いに、イロハは視線を落とした。

「それを説明するには、我が一族の成り立ちから説明せねばなるまいな……もともと、ここベニーランドは中央から遠い、未開の辺境の一部だった」

すっ、と、その場の空気が変わった気がした。今の今までは少女そのものとしか思えなかったイロハの声が、落ち着いた、威風ある姫君の声になった気がした。

「犇(ひし)めく魔物たち、争い合う人間たち、痩せた土、暴れる大自然――およそ五百年も前になろう昔、この地はとてもではないが今のように人間たちが繁栄を謳歌(おうか)できるような場所ではなかったと聞いている」

十四歳という実年齢、そしてその実年齢よりも随分幼く見えるこの見た目からは想像できないような威厳ある口調で、イロハはベニーランドの歴史を語る。

「そこに現れたのが我が一族の高祖、初代ズンダー王だった。彼は圧倒的な統率力と武力で散在していた周辺部族をまとめ上げ、この地に跳梁跋扈していた魔物を討伐し、治水と街の整備を行い、人間たちが生きることのできる世界を切り拓いた。それが我ら栄えあるズンダー大公家の事始め、今や王都を圧倒する百万都市・ベニーランド開闢の物語だ」

イロハはそこで言葉を一旦区切った。

「その初代ズンダー王——終生力を追い求め、力を奉じた彼が、若き頃に将来この辺境の王となる誓いを打ち立てた場所、それがこのマッシマ群島だ。彼はこの美しき島々に籠もり、数々の海を渡り島を渡り、修業を重ね、遂には暴虐の支配者としてこの地に君臨していた邪竜・マサムネをも討ち取ったのだ」

はっ、と、レジーナとオーリンは顔を見合わせた。

初代ズンダー王がドラゴンスレイヤーだった、マサムネの口から語られたその歴史は、まごうことなき事実だったのだ。

「マサムネは己を打ち倒したズンダー王の力を認め、服従を誓い、マサムネに従っていた魔物たちもその支配を受け入れた。初代ズンダー王はそのようにしてこの地の真の主となることができたのだ。それである故、このマッシマ群島は当家の歴史の出発点、聖域としてズンダー大公家が庇護しておる」

ただ外から見ていれば美しいだけの島々に、そんな隠された歴史が——。レジーナが何故か胸を打たれたような気持ちでそれを聞いていると、イロハの表情がそこで少しだけ厳しくなった。

「だが、今現在のベニーランドには未曾有(みぞう)の危機が迫っている。そのマサムネが何故か暴走状態となり、怒り狂い、今まで庇(かば)い護(まも)っていた人々を襲うようになってしまった――」

「あ、それは――！」

　そのマサムネは私たちが――！　レジーナがそう言いかけた時、オーリンが視線だけでそれを制した。そのことは言わないでおけ、と、何故なのかその視線にそれだけの意思を込めて、オーリンはイロハに向き直る。

「――あぁ、そのマサムネどがいうドラゴンが暴走状態なのはシロイシで聞いでらな。そいで、あんだがこの島にいるのどマサムネの暴走ど、なんの関係があるってや？」

「わかるであろう？　守護の聖竜であったマサムネが暴走状態となったことで、ズンダー大公家、ズンダー領の民の不安は極限に達しておる。ベニーランドの混乱に乗じ、何かとキナ臭い関係である国王軍が漁夫の利を狙って来んとも限らん。今こそズンダーには強い王が必要なのだ。己(おの)が腕一本であの邪竜をねじ伏せた初代ズンダー王に匹敵する、強い王が」

　イロハは小柄な身体(からだ)に精一杯に力を入れ、はっきりと宣言した。

「今、私もその初代ズンダー王と同じ試練を乗り越え、誓いをここで打ち立てんとしておる。この島々で己を鍛え、磨き、力ある王となるために。大公息女として、ズンダーの王として、ゆくゆくは三百万にもなんなんとする民を背負って立つ王になるために。さすれば我が臣民たちの忠誠、そして団結も揺るぎないものとなる——」

フンッ、と、そこでイロハは鼻を鳴らした。

「どうだ、雄々しいであろう?」

自慢げに腕を組み、胸を反らしたイロハに、レジーナとオーリンは顔を見合わせてしまった。

随分立派な志、といえば、その通りだっただろう。なにせ年齢はともかく、目の前にいるイロハは小柄も小柄で、身長などはレジーナの肩、長身の部類に入るであろうオーリンのそれにいたっては三分の二程度しかない。こんな可憐で華奢な少女がそんな大層な覚悟を決めて宮殿から逐電するとは……まったく呆れる、とも言えるが、反面、見上げたものだとも言えた。

けれど——その「試練」とやらが今のところ、不首尾に終わっているだろうことは、先程のゴーレムとの戦闘を見ていればわかった。何しろ先程のイロハはゴーレム相手に全く手も足も出なかった上、踏み潰されそうになると真っ青になって震えるばかりだったのだ。

だいたい大公息女、つまり奥の院に閉じこもっていて然るべき大家のお姫様が剣……もとい木刀を振るい、魔物に飛びかかっていること自体、既に滅茶苦茶なことであろう。よくも今まで死なずに生きてこられたな、と思ったのは、オーリンも同じだったらしい。

オーリンの興味がイロハから離れ、側に畏まっているアルフレッドに移ったようだった。

「なるほどわがった。つまり、この護衛さんのおかげでなんどが今まで死にくたばらねぇで生ぎでこらえだど、そういうごどだびのぉ」

「なっ……!? わっ、私だってちゃんと戦っとるわ！　見たであろうさっきの勇姿を！　ゴーレムに飛びかかってその頭を……！」

「護衛さんよ、お前は何者だ？　さっきのゴーレムば斬った腕コ、実に見事だったども」

「おい、無視するな！　我が名刀《月》と《調》は鋼鉄をも砕く必殺の……！」

「護衛さん、あなたは何者なんですか？」

「ああ……」

銀髪の眼鏡の青年は姿勢を正して頭を下げた。

「私はズンダー大公家が禁裏護衛官主席……いえ、要するにプリンセス・イロハの護衛を務めております、トーメ伯アルフレッド・チェスナットフィールドと申します。あなた方はプリンセス・イロハを助けてくれたようですな。私からもお礼を」

そう言って、青年は筋金でも入っているかのように真っ直ぐな背中を僅かにかがめた。

さっきゴーレムを両断してみせたこともそうだが、この立ち居振る舞い、そして武張ったところのない雰囲気、いずれもが相当の使い手であることを示している。

「礼だっきゃいい。すかす、剣でゴーレムば斬るどはなぁ。なんぼ鍛錬したらそった芸当がでぎるんだってや」

「剣でゴーレムを斬るなんてすごいですね、と彼は言ってます」

「当然である！　アルフレッドのスキルは【聖剣士】だ！　剣戟系のスキルではかなりの上位スキルなのだぞ！　そしてこの者が持つ名剣・九度貫は岩だろうが鋼鉄だろうが紙のように斬り裂いてしまう名剣なのだ!!」

　何故かイロハが自慢げに答えた。

「アルフレッドはズンダー家中最強の剣の使い手だ！　並の剣士では一合も斬り結ぶことすらできん！　それでこそこの愛らしいプリンセスの最側近に相応しい、全くもって素晴らしい腕と言えるな！」

「あはは、お褒めいただいて光栄です。ですがプリンセス、二度と先程のような単騎突撃はなさらぬようにお願いしますね？」

　アルフレッドの声が数段低くなり、美しい顔が笑顔になった。笑顔ではあったが、何だか全く愛想のない笑顔に感じたのはイロハも同じらしく、イロハはウッと呻いて押し黙った。

「これで同じことを言うのは十四回目なのですが……まだご理解いただけませんかねぇ？　毎度毎度敵を見つけるなり、ロクに偵察もせず雄叫びを上げて突っ込んでゆくのは、恐れながらあなた様の悪い癖です。プリンセスたるもの、彼我の実力差を瞬時に判断する慎重さが必要だと……これも同じことを言うのは七回目です」

　じりじりじりじり、と、アルフレッドはイロハの顔に顔を近づけ、凍りついたような笑みを更に深くした。イロハは叱られる子供そのものの表情になって縮こまっている。

「んー、まだご理解いただけない感じでしょうか。お悪いのはプリンセスのお頭なのでしょうか、それともお耳なのでしょうか。私には判断がつきかねるというのが正直なところでして……」

「あ、アルフレッド……もうよい、許せ。そ、そなたのその顔は怖いのだ。あまり近づけられると……」

「私をこの顔にさせるのはあなた様ではないのですかな？　プリンセスは私に激しい苛立ちと莫大な疲労を賜られるおつもりで？　ありがたき幸せとは申せ、もうお腹いっぱいというのも本心ですなぁ。もうこれ以上は賜ってくれなくて結構。次にやったら強めにつねりますから。これ以降は慎重に。いいですね？」

「う、うむ……」

「返事」

「は、はいぃ……！」

　イロハが怯えた声を発すると、「よろしい」とアルフレッドはすました顔になった。

なるほど、と、レジーナも、おそらくオーリンも納得した。仲が良いのだ、この二人は。そしておそらく、アルフレッドは護衛や最側近という以上に、この奔放な姫君の教育係でもあるらしい。

あらかた全ての会話が終わったところで、ほう、とオーリンがため息をついた。

「まぁ、プリンセスだの誓いだの、そんなことは俺さばわがんねけどよ……とにがぐお前、帰んのが帰らねぇのが」

「は？　え？　なんだって？」

「とにかくプリンセス・イロハ、あなたは宮殿に帰るつもりはないんですね？」

レジーナが【通訳】すると、くどい、とイロハは言い切った。

「私は戻らぬ。この地で結果を残せねば帰っても仕方がないのだ。私は強い王になる、それまではどの面提げて帰れと言うのだ？」

「そんなこといってもお前、さっきはゴーレムさ思い切りボコボコにされていだでねぇがよ。それではどうしようもないだろう」

「……？　さっきからそなたは何語を喋っておるのだ？　ダバダバ……？」

「プリンセス、どうすればあなたは宮殿に帰ることができるんですか？」

よかった、今のオーリンの言葉が通じていたら、このちんちくりんの姫は真っ赤になって憤激したことだろう。レジーナが罵声の部分は除いた上で先回りをしてみると、イロハは「それはだな……」と言いかけてから、あ、となにかを思いついた顔になった。

「そういえば……そなたたち」

「は、はい？」

「そなたはともかくとして、そこな何を喋っておるのか皆目わからん芋臭い男」

「俺のごどが？　なんだば？」

「そなた、言ってることはともかくとして、なかなかの使い手のようだな。私をも凌ぐ力を持っていたあのゴーレムを、満足な抵抗も許さずねじ伏せるとは……その圧倒的な力……まぁ、その一部は、言い方によっては、だぞ？　この私に匹敵すると評価してやってもよい」

「はぁ、そいづはどうも」

「そこでだな……そなたら」

　イロハは、その小作りの顔に似合いの、実に憎たらしい笑みを浮かべて微笑んだ。

「その腕を買い、みすぼらしいイチ冒険者でしかないそなたらを、この私がこの島で誓いを立てるまでの、臨時の護衛として雇い入れてやろう。無論のこと、それなりに報酬も弾むつもりであるが——そんなことはどうでもよい。この愛らしきプリンセスの騎士となれるのだ、それだけでそなたらも光栄であろう？」

　護衛？　レジーナとオーリンが顔を見合わせると、イロハは腕を組んだまま、んふー、と実に傲慢な笑みを浮かべた。

「一も二もなく賛成するがよい」

◆

「嫌じゃ」

オーリンは言下に否定し、断固、という感じでふるふると首を振った。

何を言われたのかわからないなりに、その表情と仕草と声のトーンから拒否の意思は明白だったのだろう。

イロハが心底驚いたというように慌てた。

「んな——何故だ⁉　ズンダー大公家の大公息女が臨時とはいえ、護衛の騎士としての地位と名誉を賜ろうというのだぞ⁉　普通喜ぶところであろうが！　何故嫌なのだ！」

「何故って」

その瞬間、オーリンに「カチッ」という感じでスイッチが入ったのが、レジーナにはわかった。あ、この反応は……と思った途端、ぐっ、と顔を歪めたオーリンが立板に水の如き勢いでまくし立て始めた。

「わは別になさ使われでるわげでねぇばってな。なすてなみでぇなたらんずでじぐなしのわらすさ使われねばまいねのへ？　どんだっきゃ何考えじゃんずな。第一、わんどはなのごどばへで戻へって喋らいでんだど。こごでなの護衛などすてあのでったらだ男だちさゴンボ掘らえだらどすんずや？」

【俺は別にお前に雇われているわけではないのでな。何故お前のような頭の悪い意気地なしの子供の命令を聞かねばならないんだ。有り得ない何を考えているんだ。第一、俺たちはお前のことを連れ戻せと命令されているんだぞ。ここでお前の護衛などを務めてあの大男たちに怒られたらどうしろというんだ】

ああ、今の一言は『第一』しか伝わらなかっただろうな、とレジーナは思った。

その証拠に、イロハも、そしてアルフレッドも、オーリンの口から高速で放たれた呪文に目を点にしている。

ハァ、とレジーナはため息をついた。こう見えてオーリンは物凄く強情――彼が言うところのいわゆる『じょっぱり』なところがあるのだ。特にこういう、自分が誰の命令を聞くとか聞かないとか、頭を下げるとか下げないとか、そういうことに関しての行き違いがあると途端にカチンと来て、今のように物凄い勢いで言い返すのである。単に今まで言葉が相手に通じなかったから喧嘩にならなかっただけで、【通訳】のスキルで解読してみると結構際どいことを言っていたりするから大変なのだ。

憤懣やるかたなし、というようにプップク頬を膨らませているオーリンをちらと見て、レジーナは努めて黄色い声を出した。

「彼はこう言ってます！　『是非やらせてください！』って！」

なにィ!?　とオーリンが驚いたようにレジーナを見たが、レジーナは構わず続けた。

「ただ彼は『報酬はたっぷり払ってもらわないと嫌だ』と言ってます！　プリンセス様、もちろん報酬は弾んでくださるんですよね!?」

「お、おいレズーナ……！」

「おお、もちろんだ。カネに糸目はつけんぞ」

イロハは傲岸な態度で頷いた。

「ズンダー大公家の経済力をナメるでない。そなたら程度が末代まで遊んで暮らせるほどのカネを支払ったところでこちらは痛くも痒くもないのだからな。ん？」

「わぁ、末代まで！　それは素敵ですね！　貴方様の護衛、是非やらせてください！」

「お、おいレズーナって！　お前、何喋って……！」

そこでぐいっ、と、オーリンに肩を摑まれた。ハァ、と内心にため息をついたレジーナは、通訳、と心の中で呟いてから――。

オーリンの顔を目だけで睨みつけ、小声で吐き捨てた。

「わい、しゃすねやづだな。わんつかでいいはんで黙ってでけ」

【ああ、うるさい人だな。少しでいいから黙っててくれ】

ぎょっ――!? と、オーリンが目玉をひん剝いた。まさかレジーナにアオモリの言葉で言い返されるとは思っていなかったのだろうことは、その顔を見ればすぐわかった。「良な？」とレジーナが念押しすると、よほどショックを受けたらしいオーリンがガクガクと頷いた。

「具体的には何をすれば？」

「簡単なことだ。私がある島に渡るまで警護するだけでよい。それだけでそなたらには至上の名誉と十分な報酬をくれてやろう」

「わぁいわぁい！　是非やらせてください！　もちろんこの人もこの犬も込みで！」

「決まりだな。そうと決まれば早速……」

「あ、すみません！　その前にちょっと作戦会議の時間をくださいな！」

「認める」

半ば強引に話をまとめておいてから、レジーナは沈黙しているオーリンを振り返り、小声で言った。

「先輩。そりゃ先輩がその、物凄くじょっぱりなのはわかりますけど」

「う、うん……」

「旅の目的を忘れたんですか？　ワサオやマサムネをあんなふうにしてしまった黒幕を突き止めるのが目的でしょ。あの子が大公息女なら、かなり黒幕に近い可能性を考えなきゃ」

「はい……」

「それに、その後のことも。あなたはギルドを追放された一文無しの貧乏冒険者なんですよ？　自分のギルドを立ち上げるにしてもお金はいくらあったっていいんですから。それに、あの子に気に入られておけば金銭的な面だけじゃなく、いろんな点で絶対有利でしょうよ。わかりますよね？」

「その通りです……」

「とにかく、今回はやらなきゃいけない仕事だって割り切ってやってください。いいですね？」

「申し訳ない（めやぐです）……」

チャキチャキと説教をかますと、シュン、とオーリンが意気消沈した。よし、これでなんとか話はまとまった。レジーナはイロハたちに向き直った。

「作戦会議終了です！　さあ、どこへでもお供しますよ！」

「よしよし、それでよい。私から直々の指名を受けて喜ばぬ者など有り得てはならん、有り得るべきでもない」

　イロハは、ニヤリ、と笑った。

「そうと決まればいつまでもこんな小島にいることはない。一気に行程を片付け、最終目的の島、バウティスタ島を目指そう」

「え、目的の島があるんですか？」

「当然だ。初代ズンダー王が渡った島の数は七十七（しちじゅうしち）……我らは既にそのうち三十島の探索を終えておる。目的達成まではあと半分と少しだ」

　ということは、残り四十七島……それまでこの小柄な姫君を護（まも）るのが仕事ということか。そこそこの仕事だとは思ったが、ギルドの創設資金がかかっているとなれば身が入るのも当然で、レジーナは鼻息を荒くした。

「よーし、それじゃあ早速次の島に移りましょう！　先輩、ワサオ、いいですね！」

「う、うん……」

「ワォン！」

「折角（せっかく）やる気になっているところを申し訳ないですが、生憎（あいにく）そう簡単にいくものではありませんよ」

そこで——今まであまり口を挟んでこなかった青年、アルフレッドが苦笑しながら言った。え？　とレジーナが振り上げかけた拳をそのままにすると、アルフレッドが意味深に語り出した。

「皆さんは何故この島がマツシマと呼ばれているのかご存じですか？」

「え？　それは……松の木が生えてるから、とか？」

「そうお考えになるのが当然でしょうね……」

ククク、と、アルフレッドは苦笑いした。

と——その時だ。

ズシン、という、なんだかさっきも聞いた気がする地鳴りが響き渡り、レジーナはぎょっと森の奥を見つめた。

「この島々が完全禁足地になっているのは、何もズンダー大公家の歴史に関わっているからという理由が全てではない。この島々はその地理的な特異性から長く外界から隔絶されてきた土地、独特の生態系が発達した島々でもある」

ズシン、ズシン……という、明らかに足音であろう音が連続して聞こえてきた。

何が近づいてきている、何が……とレジーナの背筋に冷たいものが流れた。

「マツシマの名前の由来は『魔つ島』——要するに、凄まじく巨大で危険なモンスターたちが跋扈(ばっこ)する異界、というのがその名の由来なのですよ」

　バリバリ……と木立が引き裂ける音が聞こえ、ぬう、とばかりに巨大な影が躍り出た。

「っぁ——！」

　咄嗟(とっさ)に明確な言葉が紡げなかった。

　なんだこれは？　大きい、大きすぎる——。

　そこに現れたのは、一体の巨大なトロールであった。

　否、巨大な——と言っても、その図体(ずうたい)の規格外ぶりを表現するのには足りなかったかもしれない。何しろ、いくら大きいとはいえ、せいぜい二階建ての建物にようよう頭が届くぐらいが関の山であるはずなのに、そこに現れたトロールの巨大さは、まさに見上げるほど——。

　右手に握った棍棒(こんぼう)だけでも通常の倍ほどもあるそのトロールは、足元に散らばった人間たちを見るなり、醜い顔を歪ませ、ゆらり、と棍棒を振り上げた。

「【極大拒絶・獄(ノッツド・マネ・デヴァ)】‼」

　鋭く響き渡った詠唱と同時に、極彩色の魔法障壁が展開され、棍棒と激突した。途端に、ズシン……と周囲に衝撃波が広がり、地を揺らし、森を騒がせ、その先の海にまで漣(さざなみ)を立てた。

オーリンの顔が——歪んだ。

明らかに規格外の一発を受け止め、ミシミシと障壁が不気味な音を立てる。

あのオーリンがこんな表情をするなんて——とレジーナが目を見開いた時、オーリンが腹の底から怒声を振り絞った。

「ぼさらっどすてんな！　走れァ！」

その一喝に、レジーナは幾ばくかの正気を取り戻した。

「逃げましょう！　さぁ！」

真っ青になったまま、ぷるぷると震えるばかりのイロハの手を引き、レジーナたちはトロールに背を向けて遁走を開始した。

◆

「わ、わいわい、やっと倒れだが……」

オーリンが肩で息をしながら額の汗を拭い、アルフレッドが剣から血を払って鞘に納めた。オーリンの防御魔法陣を十発近く喰らい、アルフレッドの度重なる剣戟をも跳ね返し続けたトロールは、やっとのことで白目を剥き、仰向けに倒れた。

物陰からその様子を窺っていたレジーナがよたよたとトロールに歩み寄ると、レジーナの横で蒼白の顔をしていたイロハが歩み出た。

「プリンセス・イロハ。さぁ、試練を果たしましょう」

アルフレッドの声に、イロハはようやっと、という感じで頷いた。腰に刺した木刀を抜いたイロハは、ぶるぶると震えている鋒をトロールに向け、ゴツン、という感じで叩いた。

「——これでよし。今の一撃で、このトロールは私が討伐した……ことになる。そういうこととする。これを七十七回、島ごとに繰り返す。……各島で一体以上魔物を討伐し、それを七十七の島で繰り返す——それが七十七の試練の内容だ」

「い、今みたいなモンスターを、最低七十七体も……⁉」

思わずレジーナは両手で顔を覆い悲鳴を上げた。

「ぷっ、プリンセス！　これは無理です、帰りましょうよ！　一体だけでこんな苦戦するモンスターを最低でもあと五十体近く倒すんですか⁉　こんなこと繰り返してたら達成まであと何日かかるやら……！」

レジーナの抗議にイロハは俯いたまま答えようとしない。その沈黙に向かい、レジーナはなおも食い下がった。

「そっ、そりゃあプリンセスとして他に示しをつけないといけないのはわかりますけど、何もこんなどえらいことしなくともいいでしょう⁉　ズンダーのお姫様自らこんな時代遅れで危険なことをしなきゃいけない理由は——！」

「帰らんと言ったであろう！　帰る気ならばそなたらだけで帰れッ!!」

物凄い絶叫がイロハの口から迸り、レジーナだけでなく、オーリンもあっと息を呑んだ。イロハは木刀を握る力を強くし、視線を俯けて、吐き捨てるように言った。

「――この試練が果たされるまで、私には帰る場所も、迎えてくれる者もおらん。もとより、単なるイチ冒険者であるそなたらに命までかけさせるつもりは毛頭ない。帰るというならばそれもよい、咎めはせん。私たちを置いてそなたらだけ帰るがよい」

そう言ったイロハの表情には、何故なのか莫大な孤独が滲んでいたように、レジーナには見えた。単に強情で言っているというよりも、そうしなければどうにもならないのだと主張しているかのようなその表情を見て、思わずレジーナは二の句が継げずに押し黙ってしまった。

「……そなたらにはわからんだろう。王たる者がしなければならないことの何たるかが。今や三百万にもなんなんとするズンダーの民を背負って立つ者の責務が」

しばらく後に続けられた言葉は、不思議な威厳があった少女のものではない、重苦しい口調だった。

「今、ズンダーの民は怯え、震え、動揺しておる。その苦しみや悲しみの全ての責任はズンダーの王たる私にあるのだ。私が多少己をいじめるぐらい、民の感じている苦しみに比べればなんでもない。その苦しみさえ受け止められる存在にならなければ、誰も私のことなど王として信用せん」

その言葉に、オーリンもレジーナも絶句してしまった。沈黙する二人に向かって、アルフレッドが肩を竦め、小首を傾げてみせた。ほらね？　この人はこういう人なんです、と言いたげなアルフレッドの動作は、レジーナに思わず帰る帰ると連呼してしまった自分を恥じるような気持ちを抱かせた。

イロハが、顔を上げてオーリンとレジーナを振り返った。

「……今一度、聞こう。今しがたの光景を目の当たりにして、まだこのつまらぬ小娘の意地に付き合ってくれるか。私が与えることが許されている報酬も、名誉も、そなたらの命にまでは替えられぬぞ？　どうだ。答えを聞かせてくれ」

イロハの問いに、レジーナは思わずオーリンを見てしまった。オーリンはしばらく考えるような表情をした後、フゥ、と大きくため息をついた。

「なも、一度乗りかがった船だびの。最後までお供するさ」

オーリンが頷きながら、はっきりとした口調で言った。

「こいでも、なんどすてもそっつがら報酬ば貰わねぇばなんねぇ身での。ちょぺっとの危険ぐれぇ我慢すねばな」

なるべく意識したかのような軽口だった。敢えて報酬の話を持ち出したのは、それなりに己に引け目を感じているらしいイロハのことを気遣ってのことだろう。薄い笑みを浮かべてのオーリンの言葉に、イロハは少しだけ安堵(あんど)したように、そうか、とだけ答えた。

と――その時だった。バリバリ、と木立の裂ける音が森の奥から聞こえ、四人と一匹はハッと森の奥に視線を走らせる。

「わい、あんまのさらっともすてられねぇな。エロハ、護衛さん、とっとど次の島さ行ぐべしよ」

「皆さん、急いで次の島へ！」

オーリンの言葉を通訳したレジーナの声に、四人は森からの遁走を再び開始した。

◆

「なぼまだな！　まだ出はって来るってがや！　【拒絶(マネ)】ッ！　【拒絶(マネ)】ッ！」

「うわ、うわわわ……！　ご、ゴブリン！　顔が、顔が怖いぞアルフレッド！」

「あーもう、プリンセス！　足に引っ付かないでください！　邪魔！　あっちに行ってなさいッ！」

「プリンセス、こっちへ！　私と一緒にここに隠れてましょう！」

四十二番目の島は、通常より大型であるゴブリンがそれこそイナゴの如くに大繁殖する島であった。オーリンは必死になって魔法陣を展開しまくり、アルフレッドが何体ものゴブリンを斬り伏せ、ようやく脱出することができた。

「アルフレッド！　助けっ、助けよ‼　……うわっプ！　な、なんなのだこの粘液⁉　な、生臭い！　それにヌルヌルする……！」

「ご無事ですかプリンセス！　あーもう、だから言わんこっちゃない！　珍しいものと見るとすぐ無警戒に近寄っていってしまうんだから……！」

「うわ、本当だ！　なんかこの粘液、生臭いです！　先輩！　ちょっとローブで拭かせて……！」

「うわ！　や、やめろでぇレズーナ！　自分の服で拭げっつうの！　触るんでねぇ！」

アルフレッドが端整な顔をひん曲げ、触手に空中高く持ち上げられたイロハに向かって絶叫した。五十五番目の島は島全体が食虫植物の群生地となっており、イロハはその中でも特大の食虫植物に捕まり、あわや喰われる一歩手前であった。

「ぬっ、アルフレッド、あそこにスライムがおる！　あれぐらいなら私でも討伐できそうではないか！　行ってくる！」

「うわあああプリンセス！　それはスライムはスライムでも暴食スライムです！　近づいたら一瞬で取り込まれて……！」

「うおおお見よやスライム！　喰らえズンダーのプリンセスが一太刀(ひとたち)……あっ、ちょ……！　……ゴボボ、ボボボボボ!!」

「わい、エロハがスライムさ飲み込まえでまった！　スライムこのォ！　吐け！　吐け！」

六十番目の島は、本当にすんでのところだった。スライムに一瞬で飲み込まれてしまったイロハを、他の三人が必死になってスライムから奪還した。粘液まみれになり、半泣きになっているイロハを、三人は海水で洗ってやらねばならなかった。

「ぐっ……！」

六十七番目の島に辿り着き、よろよろと浜辺から島の奥地へと歩み入っていこうとした瞬間だった。流石に疲労が隠せなくなったらしいイロハがよろけ、砂浜に膝をついた。あ、と思ったのと同時に、アルフレッドがイロハの下に駆け寄り、肩に手を置いてイロハの顔を覗き込んだ。

「プリンセス、大丈夫ですか？」

「あ、ああ、ただ少し……立ちくらみがしただけだ。大事ない」

そうは言っているものの、イロハは荒く息を繰り返すだけで、いつになっても立ち上がる気配はない。明らかにやせ我慢とわかる一言に、オーリンとレジーナは顔を見合わせた。

見合わせたお互いの顔には——色濃く不安そうな色が浮かんでいた。

まだ十四歳、ましてこの小柄である。人より体力的に劣っていて当然だ。ましてこの一週間、毎日毎日死ぬ思いを繰り返して島々を渡ってきたのである。この姫君の体力も既に限界に近いはずだった。

七十七の島の踏破など、やはり不可能ではないのか。オーリンやレジーナはともかく、彼女たちはもう六十以上の島を渡ってきたのである。疲労も負傷も積み重なっているはずだ。無理を押し通さず、もう十分の結果は残したと判断し、宮殿に帰るよう説得した方がよいのではないだろうか……。レジーナがそんなことを考えていると、アルフレッドが静かな声でイロハに言い聞かせた。

「プリンセス、まだです。まだ膝をついている暇などありません」

叱るような、諭すような、不思議な声だった。アルフレッドは触れれば切れそうな、怖いぐらい真剣な表情で静かに続けた。

「ズンダーの王がこのような弱った姿を人に見せてはなりません。どのような困難に押し潰されそうになろうとも、どんなに強大な敵が目の前にあろうとも、立ってみせるのがズンダーの名を担う者の使命です。さぁ、立ちなさい、プリンセス」

「ちょ、ちょっと！　それはあまりにも酷じゃ――！」

あまりに厳しすぎるのではないかと思える一言に、レジーナは思わず抗議の声を上げた。

「よい、レジーナ。アルフレッドの言っておることが正しい」

と——イロハが短く言い、レジーナは口を閉じた。ギリ、と奥歯を食いしばり、イロハは二本の木刀に縋り付くかのように身体を起こし、立ち上がった。

「アルフレッドの言う通り、ズンダーの王はこの程度でへこたれてはいられん。すまぬ、見苦しい姿を晒してしまったこと、深く恥じ入ろう」

「そ、そんな——！　いくらなんでも無茶ですよ！　せめて、せめて今日はここで少し休養すべきです！」

「休養などいらぬ。もとより力のない者はこのマツシマで生きてゆくことはできぬのだからな——」

　そう言ったイロハの顔は蒼白で、とてもではないが戦闘などできそうになかった。それどころか、立って歩くことすらも厳しそうだ。

「心配してくれるのはありがたいがな、ズンダーは力を奉じ、力に生きる一族だ。力のないズンダーの王など滑稽も千万。座り込んでなどいられぬ。さぁ、行こう」

　イロハはふらふらとした足取りで島の奥へと進んでゆき、アルフレッドがそれに従った。どうしてそこまで……！　レジーナが歯がゆい気持ちでその背中を見ていると、オーリンがそっとレジーナの肩に触れた。

「レジーナ、お前の気持ちコはわがるけどよ、今はやづらのさせでぇようにさせでやるべし」

「でっ、でも、先輩！　明らかにプリンセスは辛そうじゃないですか！　こんな無茶苦茶、いくらなんでも……！」

「俺もわがってらでぁ。だども、俺たちはあぐまで使われでる立場だ。依頼主の言うごどだば、逆らえねぇべよ」

説得するような口調のオーリンをレジーナは見つめた。オーリンはイロハとアルフレッドの背中を見つめながら、ぼそりと一言呟いた。

「ズンダー大公家……なんだがさ、思ったより平和な一族でばねぇのがもわがんねな」

いろんな感情が込められているらしいその一言に、レジーナは何も言えずに立ち尽くした。

◆

マツシマに来て、はや七日が経過し、日も沈みかけた今、七十六番目の島での試練が終わった。

この一週間で服はすっかりと擦り切れ、手は擦り剝け、抜けない疲労が蓄積し、精神の耐久値がゴリゴリと削られて、もはや体力も精神も限界に近づいていた。

そのせいか——七十六番目のこの島、ようやく安全を確保した砂浜で火を焚き、夜を明かしている今も誰一人、口を開こうとしない。ただただ遭難者のように情けなく膝を抱え、明日はどんな困難が待ち受けているのだろうと不安になるしかない。レジーナはいまだかつて、こんなに心細く、こんなに不安な一夜というものを経験したことがなかった。

「明日で最後だな」

不意に——ぽつり、とオーリンが呟いた。

呟いたところで、誰も返答する者がないことはわかっている。

それは、この地獄のような責め苦も明日でようやく終わる、というニュアンスがありありと含まれていた。

「それにしても、よく死にませんでしたね、私たち」

これも、別段同意や肯定をしてほしいための一言ではなかった。よくぞ今まで生きてこられたな、という、何の達成感もない事実を自分に確かめただけだ。

「なぁ護衛さんよ、明日はどさ向かうのや」

オーリンがアルフレッドに問うと、アルフレッドは笑みを浮かべた。何故か、このアルフレッドという青年からは、不思議と疲れというものが感じられなかった。それどころか、端整な美貌はますます冴え渡ったようにすら見え、銀色の髪にはくすみひとつ見当たらなかった。

「最後の目的の島——バウティスタ島で、プリンセス・イロハに誓いを立てていただきます。この強大なるズンダーの王となるための誓いをね」

そうが、とオーリンは言葉少なに返事した。再び沈黙が落ちたところで、やおらアルフレッドが立ち上がった。

「さて、私は不寝の番をすると致しますか。皆様はごゆっくりお休みください」

またか、とレジーナはアルフレッドを見上げた。正直、この人だって草臥れきっているはずなのに、この人が睡眠や休息というものを取っているところを、レジーナは見たことがなかった。本当にモンスターたちを警戒して歩哨に立っているのか、あるいは休むところを人に見られたくない性分なのかは知らない。ただ――彼は護衛対象であるイロハと一緒には休まない、レジーナにわかっているのはそれだけだった。

「ご、護衛さん、あなたいつも不寝の番をしてますけれど、あなたも疲れてるでしょう？私たちが替わりますよ」

「何をおっしゃいます。大切な客人にそのようなことはさせられません。それに私のスキルはある程度、緊張状態に置かれているうちは疲労も眠気も無視することができますから。私が適任です。それでは」

でも……と言いかけたレジーナに、いいんですよ、というような笑みを浮かべ、アルフレッドはがさがさと藪の奥へ分け入っていった。

再び、まんじりともしない沈黙が落ちてきた。

もう夏になりかけているのに、疲れているためか、焚き火を前にしてもなんだか肌寒ささえ感じる。うう、と呻いたレジーナが膝頭に顔を埋めた、その時だった。

「すまないな、そなたらを私の勝手につき合わせてしまって」

不意に——ぽつり、という感じで、そんな謝罪が聞こえた。

一瞬、今のは誰の声だったのか計りかねて、レジーナは顔を上げた。

この数日で随分煤け、傷つき、顔がくすんだイロハが、完全に意気消沈した表情で、ぼんやりと焚き火を見つめていた。

「まったく、我ながら情けない。一廉のズンダーの王となるためにこの島々に来たはずなのに、自力では一体も討伐できておらん。それどころか、ただ震えて縮こまっておるだけだ。危険なことはそなたたちに全てやらせて、私は討伐の真似事だけ——こんなことになるぐらいなら、最初からこの島に来ない方がマシだった」

なんだか、随分いじけた一言だと思ったけれど、その反面、意外でもあった。身体と気持ちは人一倍小さい癖に態度と野望だけは不相応にどでかいこの姫君が、こうも率直に謝罪と後悔の言葉を口にするとは思っていなかった。

無言でその煤けきった横顔を見つめていると、オーリンが不意に口を開いた。

「——こったごでもしなければ、お前は大公になれねぇんだが？」

全てわかっているような口調で、オーリンはイロハに問うた。

イロハは無言のままだった。

「どう考えても無茶だべや。いくらあったけ強い護衛を連れで歩いた（あさいだ）どすても、今まで死ながったのは単なる偶然だべ。何故（なして）お前（な）……いや、なんでお前（め）は、こんなごどしねばなんねぇのや？　そうでもしなければ、周りはお前を大公どして認めねぇって言う（す）のが？　大公家でば――そったに血も涙もねぇ家なのが」

　オーリンが一言一言に注意しながら、なんとか通じるように語りかけた。

　イロハは少し考えてから口を開いた。

「ゴロハチ、という名前を背負う限りは、そうでなければならぬのでな――」

　イロハはぽつぽつと語り出した。

「我が父――先代のズンダー大公には男の世継ぎがなかった。生まれたのは私だけ、その産みの母も病を得て既にいない。ゴロハチ、というのは、代々ズンダー大公家の世子に受け継がれる名前だ。私のような愚物には似合わなすぎる名前だよ――」

　自嘲するかのように、イロハはくぐもった声で笑った。

「私には政（まつりごと）をする才能もない、的確な指示を出せる頭もない、剣を振るう膂力（りょりょく）もない、度胸すら――ないない尽くしの私でな」

　ハァ、と、イロハはため息をついた。

「――その点、我が兄であるアルフレッドはそうではない」

　えっ――？　と、その発言にはオーリンも驚いたようだった。

あの銀髪の青年が、イロハの兄？　レジーナはイロハの横顔をしげしげと観察した。目鼻立ちや体格を考えてみても、この小柄な姫君があの青年と兄妹だとはとても思えなかった。

「え、あ……彼は、お、お兄さんなんですか——？」

「妾の子、というやつさ。チェスナットフィールド家はズンダー北方を治める弱小貴族。そこの末娘の美しさ目当てに父が手を出し、正妻である私の母を差し置いて無理やり孕ませたのがアルフレッドだ。私の母もアルフレッドの母も、さぞや屈辱の仕打ちであったろう——まったく、あの父は暴力でしか他人と接することができない、つくづく異常な男だった」

そう吐き捨てたイロハの表情は、まるで悪魔のように歪んでいた。

「母譲りの美貌と、あの太刀捌き、頭の冴え——父のよいところばかりが似たのであろうな。だが父は、私が生まれるとアルフレッドとその母を宮殿から追放した。アルフレッドにも、その母にも、相当の苦労があっただろう。父が死んですぐ、私は執政と将軍を説得し、彼を召し出して護衛に付け、地位も与えた」

ふ、と、イロハが笑った。

「あの執政も将軍も、アルフレッドが正室の子であったならと、何度嘆いたことであろうな。私を見ていれば誰でもそう思うであろう。一方は剣さえ満足に振れない、頭の悪いチビ女、一方は美しく賢く強い妾の子……どちらがズンダー大公家を背負って立つべき器かは一目瞭然であろう？」

「そんな……」

なんだか弱っている様子のイロハに、レジーナは思わず反論した。

「そんな――そんなことってないですよ。あなただってきっと立派な大公になれる。この領地をもっと豊かに、平和にすることができるリーダーになれます。そう思ってなきゃ、執政閣下も将軍閣下もあなたを連れ戻せなんて――」

「私を連れ戻せ、少なくとも生きておりさえすればいい……執政と将軍はそなたたちにそんなことを言ったのではないかな？」

どきり、と心臓が一拍跳ねた。

絶句しているレジーナの顔を見て、イロハはなんだか半分安心したような表情で頷いた。

「それがあの二人の本心さ。必要なのはズンダーの血筋そのものであって私ではないのだよ。ズンダーの正統な世継ぎの器さえあれば、たとえ私の腕がちぎれていようが、足がもげていようが……たとえ二度と目を覚まさず、呼吸だけしている身体になっていても、私が世継ぎさえ残せる身体であったなら、彼らにはそれでいいのだ」

「じゃ、じゃあアルフレッドさんは⁉　彼だってきっとあなたがしてくれたことにちゃんと恩を感じているから、護衛としてこの島に――！」

「恩？　何の恩だ？　父のしたことを誰が謝れる？　彼はその結果、この世に生を享けているのだ」

そう言ったイロハの顔には、皮肉げな笑みが浮かんでいた。

「私がアルフレッドを側につけたのはな、父がやったことの罪滅ぼしではない。ましてや彼がそれだけ優れていたからでもない。単純に、味方が欲しかったのだよ、私は。決してあの父のようになってはならぬと言い聞かせてくれた母はもういない、執政も将軍も、兵士たちでさえ、そうではないのだ。だから——あんな穢れた男の血でも、それが繋がっている相手なら或いは……そう思ったのだ」

イロハが、年頃の女の子として、否、それ以上に感じていただろう孤独、劣等感、そして絶望——。

十五歳のあの日、【通訳】というスキルしか授かることができなかった自分の絶望が、わびしく背中を丸めているイロハの姿に重なった。

ほう、とため息をついて、イロハは頭上に輝く満天の星を見た。

いくら背伸びしても決して届くことのない綺羅星たちを見るイロハの目に、激しい羨望の念が渦巻いたように見えた。

「どんなささやかな星の光さえ——私の頭の上には輝いてはくれなかった。この島に来て、そのことがよくわかったよ。才能、身体能力、頭脳……それだけではない。正常な家族、理解ある周囲、兄妹の絆……ははは、羨ましきものだな……」

　手の届かないものを見上げることにも、もう疲れた――。

　きっと、そう続くはずだったろう言葉。迷ったような表情とともに、再び膝に顔を埋めて沈黙してしまったイロハは、もうそれきり何も言うつもりはないようだった。

　この子は放っておけない。

　放っておいたら――遠からず、彼女の中の何かが擦り切れてしまう。

　レジーナが何故か切実にそう思った、その途端だった。

　のそっ、と、無言でオーリンが立ち上がった。そのままノシノシと、焚き火の反対側にいるイロハに歩み寄ったオーリンは、驚いたように見上げるイロハに、たった一言言った。

「手、出せ」

「は――？」

「お前、いっつもそうやって偉そうに腕組んでばかりいるども、疲れねぇが。いや……そったごどで隠し通せでるど思ってらんだが？」

「な、なにを……!?」

やきもきしたような一言とともに、オーリンはイロハの右手首を掴んで引っ張り上げた。

「手出せっつうの」

「お、おい！」というイロハの抗議も無視して、オーリンはイロハの掌を見つめ、ふーっ、とため息をついた。


「……一体どらほど剣を振るえば、こすたら手になるってや」

憮然と、オーリンがなんだか怒ったような口調で、そう言った。

え？　とレジーナが驚くと、オーリンは無理やりイロハの手首を掴み、その掌をレジーナに向かって示した。

イロハの小さな掌が赤々と焚き火に照らされた途端――はっ、とレジーナは息を呑んだ。


傷、傷、傷傷傷傷――。

思わず目を背けたくなるほど、傷つき、草臥れ、擦り切れ、こわばった手だった。

　それは大家の姫君の掌でも、普通の十四歳の少女の掌でもない。皮が剝け、爪が割れかけ、血であろうどす黒い汚れが掌の中心に赤黒く凝固している、それはそれは痛々しい掌――。そうでなくても、かなりの期間、生傷の上に生傷の上書きを繰り返し続けたらしい手は、もう二度と消えることのないだろう引き攣りや古傷でいっぱいだった。

　まるで回転砥石に突っ込んだ直後のように滅茶苦茶になった掌に、レジーナは思わず、驚愕よりも戦慄を感じた。

「な……何をする、無礼者ッ！」

　オーリンの手を振り払い、イロハが慌てて掌を隠した。

　そのまま、激痛が走っているはずの掌を隠して震えるイロハを見下ろしてから、オーリンはレジーナに視線を移した。

「レズーナ、回復魔法かげでやれや」

「はっ、はい！」

　レジーナは立ち上がり、イロハの側にしゃがみ込んだ。

　それでも――イロハは頑なに掌を差し出そうとしない。

　ただただ唇を嚙み、その掌が自分の恥そのものであるかのように、泣きそうな顔で黙り込んでいる。

「……あんまりよ、自分にガッカリすんな。星コなどよ、見上げでも仕方ねぇべな」

オーリンがぽつりと言った言葉が、まるで慈雨のように、震えているイロハに降り注いだように見えた。

オーリンは明後日の方向に視線をやったまま、ぼそぼそと言った。

「お前の気持ちはよ、わがるってはぁ言えねぇよ。俺は単なるリンゴ屋の小倅だっきゃの。大公の使命だとか、必要な才能だなんつものはわがんねぇさ。でもや、ずっと星コばり見上げでても、首ば痛でぐするだけだばってな」

意図の知れぬ無表情で――とは言えまい。それどころか、オーリンは、なんだかレジーナが一度も見たことのない、いっそ奇妙といえる表情をしていた。

口下手な田舎者が精一杯、慣れないいいことを言おうとしている……そんな緊張と苦衷が丸わかりの表情で、オーリンは続けた。

「あのや――星コは確かに綺麗だぞ。きらきらど光って綺麗だど、俺も思う。憧れるのもわがる。でもよ、空でなくて地面も良っぐ見でみろ。ちゃんと同じぐらい綺麗な花コも咲いてるもんだぜ」

オーリンは四苦八苦の表情でそう言った。せめてこれが、無表情のまま淡々としていれば、もう少し格好もついただろうに……。そう思わざるを得ないほど、オーリンの表情は見ていて面白かった。

「あのや、俺の故郷……アオモリってすんだが、そごに古いお城の跡があんだけどよ。まんずサクラが綺麗なところだぜ。春になればお城の中じゅう、みんなサクラに包まれでよ……それが散る時期になるど、お濠の水面ばサクラの花びらの絨毯みでぇにして、それはそれは綺麗での……」

彼は一体何を言っているんだろう……。

レジーナとイロハが見つめると、おろおろと視線を明後日の方向にそらしていたオーリンが、それでも何かを決意したような表情でイロハを見た。

「なぁよ、エロハ。お空さ星コば取りさ行ぐのは、ちゃんと周りの花を見でからにせ。どせ手の届かねぇお空の星コばっかり欲しがり続けるより、手にとって見れるヒロサキ城のサクラ見た方がなんぼいがんべな」

はっ、とイロハが、不思議そうにオーリンの顔を見つめた。

手の届かないものを我武者羅に求めるより、今あるものを見つめる――。

それは多分、まだ若いイロハの中には存在しない哲学だったのかもしれない。

「そいったげじゃねぇど。アオモリはリンゴが名物だ。春さなればリンゴ園にはリンゴの花が咲いで、ミツバチもブンブど飛ぶぞ。リンゴだげでねぇ、ヨコハマ町の菜の花畑はよ、まるで天国みでぇにどこまでもどこまでも広がってて……」

「先輩、ただのお国自慢になってますよ」

レジーナが思わず吹き出すと、オーリンが口を閉じ、はっきり赤くなった顔で頭を掻いた。バツが悪そうな顔に、釣られてイロハもちょっと微笑んだ。

「そうか……そなたの故郷は大層美しいところであるのだな」

「それはそうだぜ。アオモリはどこでも、絵に描いだような綺麗などごさ」

オーリンが自慢げに笑った。

「アオモリは辺境だがら、ベニーランドみたいになんでもあるわけではねぇけどよ、綺麗なものの数だけはどごさも負げねぞ」

そこだけは自慢気に断言したオーリンに、やっとイロハが笑った。観念したかのようにレジーナに手を差し出したイロハの目は、もう空の星を見てはいなかった。

レジーナの回復魔法によって、流血は少しずつ止まり、ズル剝けになっていた皮も少しずつ元通りになっていく。

ああ、と、傷が癒えてゆく感覚に安堵のため息をついてから、イロハは照れたように笑った。

「アオモリ、というのか、そなたの故郷は……。そのように美しいところなのであれば、一度見てみたいものだな」

「その時は任せろ。きっと俺が案内してやるさ」

「よし……決めた！」

えっ、と驚いたオーリンだったけれど、イロハは確実に光が戻った目でオーリンに宣言した。

「私が大公になったら、初めての外遊はアオモリに行くことにする！　音に名高きヒロサキ城のサクラを見るのだ！　ええと……オーリンよ、その時はそなたが私を案内するがよい！　これは非常なる名誉だぞ！　張り切って励むがよい！」

「ほほう、その気になったが。……よし、決まりだなぇ。遠いぞぉアオモリは。覚悟すろって」

「そして、そなたもだレジーナ！　きっと行くのだ。私とアルフレッド、オーリン、そしてそなたで！」

ボロボロのイロハの掌を治療してやりながら、レジーナは「はいはい」と苦笑した。

星コなどよ、見上げでも仕方ねぇ。空でなくて地面も良っぐ見でみろ。ちゃんと同じぐらい綺麗な花コも咲いてるもんだぜ――。

この朴訥な青年から出てきたとは思えないほど、詩的で、訛っていて、適度にダサくて。
けれどイロハを励ます気持ちだけは十分に伝わる言葉を、レジーナは耳の奥で反芻した。

最果ての地、アオモリ。
きっとそこは天国のように美しくて、空気の澄んだところなのだろう。

ほう、とレジーナは星空を見上げた。
ヒロサキのサクラも綺麗なのだろうけれど……やっぱり、ここマツシマの星空も同じぐらい綺麗だった。

明日はいよいよ、最後の島だ。

第三話

クンズライダ・アスビ（禁じられた遊び）

最後の島――バウティスタ島の『バウティスタ』とは、異国の言葉で「祝福を受けた者」の意味である――と、イロハはそう語った。

その昔、初代ズンダー王は、この地のさらなる雄飛を目指し、遥(はる)か海を越えた先の国との国交・通商を目論(もくろ)んでいた。その交渉は結局不首尾に終わったものの、五百年も昔に遥かなる大海原(おおうなばら)を渡り、異大陸と通商しようとしたズンダー王の勇気、そして先見性は、今もズンダー領民の誇りであり続けている。

「祝福を受けた者」――まさに神からの祝福と守護を受けていたとしか思えないほどの数々の功績を打ち立てたズンダー王が残した聖地として、おそらくこれ以上の名前はなかったに違いない。

「この道を、歴代のズンダー王も通ったのだろうか……」

イロハはそう呟(つぶや)いて、朝靄(あさもや)が棚引く静かな道を、まるで熱に浮かされたような表情で歩いている。

遠くに聞こえる潮騒(しおさい)も、なんだかこの島だけは殊更静かに聞こえるのは気のせいだろうか。まるで島全体がすっぽりと静謐という霧の中に沈んでいるかのように、島は奇妙に静かだった。

ほぼ人跡未踏の聖域ということは、完全なる未開の森を想像していたのだけれど――島には明らかに人の痕跡がある。否、今までの島と異なり、この島は明らかに長い間、人の手によって整備され、均衡を保っていることがわかった。

その証拠に、今踏んでいる道は粗末な踏み分け道などではなく、きちんと石畳の敷かれた、しかも五人程度が横並びで歩けるほど広い道である。

「禁足の聖域だっつうのに、随分立派な道があるもんだねな」

オーリンがイロハに水を向ける一言を呟くと、イロハが説明した。

「このマツシマ群島が聖域である理由は幾つかあるが、その最後の理由は、ここが有事の際にズンダー王を護るための避難先であるからだ」

「避難先？」

「そう。いざ国王家や諸侯にベニーランドが侵攻された時、落ち延びて籠城する最後の場所がここだ。周囲は絶海の孤島、しかもあの通り魔物だらけだ。どの島に大将がいるか総当たりで調べるようなことはできないであろう？」

確かに、それは今までいくつもの島々を死ぬ思いで渡ってきたレジーナにもわかる。上手い方法を考えたものだな、と感心しているレジーナは、ふと道の先に見えてきたものに目を奪われた。

「あれは――」

朝靄に沈んでいてよくわからないが、巨大な何かが存在しているのはわかる。

ごくり、と少し前を行くイロハが唾を飲み込む音が、レジーナにまで聞こえた。

「見えたぞ。本当に――あった」

その実在が半信半疑だったような一言とともに、イロハはその威容を見上げた。

これは――城だろうか。
いいや違う。あの尖塔と、色とりどりに輝くステンドグラス、そしてその中心にあしらわれた真っ赤な薔薇の花は――聖堂？

「なんだや、これは……？」

あまりに意外なものの登場に、オーリンでさえ驚きの声を上げた。

ほう、と長くため息をついてから、イロハは小さな声で説明した。

「これがマツシマ最高の聖域――禁じられた聖堂だ」

イロハはその尖塔を食い入るように見つめた。

「遥か昔、ズンダー王の命を受けた臣が異大陸から持ち帰ったもの、それは数々の宝飾品や美術品だけではない。その進んだ文化や技術、そして信仰も――。今では当たり前に皆が信仰しているが、遥か異大陸よりもたらされた預言者の教えは、当時は異端も異端の禁教であった」

「ま、待ってください。初代ズンダー王は――五百年以上前に、我々と同じく、預言者を信仰していたと?」

「その通りだ」

まさか、というつもりで訊ねたのに、イロハはあっさり肯定した。

「この大陸で異端として迫害される危険がなくなってからも、ズンダー大公家はずっとその信仰を隠し通してきた。一種の秘密結社だな。いつの頃からか行われなくはなったらしいが――歴代のズンダー王たちの多くは、ここで密かに洗礼を受け、その死後はここに眠っていると言われる」

あまりに意外な歴史の真実に、レジーナは二の句が継げなかった。

預言者の教え、または救世主の教え――それは今やこの大陸全域に広がり、深く信仰されている教えだった。

遥か千年も前、異大陸の砂漠に現れた一人の預言者。後に救世主と呼ばれることになる男――創世の神からの言葉を聞き、その教えを広め、隣人を愛し、罪を悔い改めよと遍く伝道した男。

男が唱える自己犠牲の精神、そして敵味方を超えて人を愛せという教えは、人々が固有の神を戴き、獣のように憎み合い、殺し合う古代では危険な教えだった。

異端者だとの誹りを受けたその男は、当時世界を支配していた帝国に捕縛され、人々の罵声を浴びながら贖罪の道を歩き、そして最後には十字架に――。

「――初代ズンダー王の望んだ世界とは、争いのない世界だったのかもしれぬな」

イロハの言葉に、レジーナは物思いを打ち切った。

聖堂のステンドグラス――神の祝福を意味する薔薇の花の意匠を見上げたイロハは、なんだかぼんやりとした口調で呟く。

「あのステンドグラスを見ていて、そのことがわかった。誰もが笑い、豊かに暮らすことのできる王道楽土を、平和に浄められた世界を創りたい――。その願いを持っていたからこそ、ズンダー王は力を追い求めたのかもしれん。そしてその祈りが、あの偉大なる預言者に通じてほしかったのだろう――」

カタッ、という金属音が背後で発した。

何の音か、と思って目だけで後ろを振り返ると、アルフレッドが何故なのか剣の柄を手で押さえている。今の音は剣の鍔の音か、となんとなくレジーナが察した時、ふーっとイロハが深く息を吐き出した。

「これで全部だ。マツシマの秘密、ズンダー大公家の歴史——その中枢部がこの聖堂だ。入ってみよう」

イロハはそう言って聖堂に近づく一歩を踏み出した。

レジーナはオーリンと瞬時顔を見合わせた。

「預言者の聖堂——まさかそすたなものが隠されでいだとはな……」

「先輩……」

「まんず、歴史のごとはいいべ。今はやるごどをやらねば」

それだけ言って、オーリンは静かにイロハの後に続く。

長い間、もしかしたら今世紀に入ってからは一度も開かれていなかったかもしれない聖堂の扉には、海から吹き付けてきたのだろう砂が厚く積もっていた。

その砂を押し退け、ぎしぎしと軋む扉を開くと——まるで聖堂が息を吹き返したかのように空気を吸い込んだ。

「これが——禁じられた聖堂——」

イロハが、呆然と呟いた。

聖堂の中は——広かった。通常の聖堂や教会とは違い、信者たちが説教を聞く長椅子の類はなく、その代わりにずらりと並んでいるのは石造りの古い棺だ。

歴代のズンダー王たちのものであるに違いないそれらが整然と並んでいるその奥に——

古びた巨大な十字架と、おそらくは初代王のものであろう巨大な棺がある。

その場にいた全員が、しばらく無言だった。

あまりに意外なものの出現に絶句したのか、それとも聖堂が持つ自ずからの威厳がそうさせたのか。

とにかく、まるで五百年も前のものとは思えない光景が広がっていたのは事実で、全員がその聖域に立ち入ることもなく、ただただその光景を眺め続けた。

「エロハ――」

「ああ、わかっている」

どれだけ時間が経ったのだろう。

オーリンに促され、イロハが力強く頷いた。

「ここが最終目標地点だ。後は――私が誓いを立てるだけ」

イロハが、ようやく聖堂の中に一歩を踏み出した。

後に続いてよいものか、レジーナがまごついていると――それを押し退けるようにして、唇を真一文字に引き結んだアルフレッドがイロハの後を追う。

それに釣られるようにして、レジーナもやっと聖堂の中に足を踏み入れた。

聖堂の中は――不思議と肌寒かった。

威圧感ある石の棺が並ぶ道を歩き、やがて十字架の前まで来たイロハは、ゆっくりと十字架を見上げた。

「プリンセス・ゴロハチ。覚悟はよろしいですか」

アルフレッドが促すようにその背中に語りかけた。

「あなたは今、この禁じられた聖堂、初代ズンダー王の棺の前にいる。あなたがここで誓いを立てれば、あなたはその偉業を継ぐ者、この地の真の王になる。そうなればもう誰もあなたの存在を疑いはしない。その存在を侵そうともしなくなる」

アルフレッドの言葉は、まるで宣教師の説教のように響き渡った。

「プリンセス・ゴロハチ。覚悟はよろしいですか。その偉大なるゴロハチの名前を継ぐ存在に、ズンダーの王に、神の祝福を受けた者になる覚悟は——お決まりでしょうか」

その言葉に、イロハは「ああ」とだけ呟き、そして石畳の上にゆっくりと跪(ひざまず)いた。

創造神への祈り——。

ここで果たされるべき誓いとは、初代ズンダー王へ、そしてそれが信仰した預言者、そしてそれに連なる神への誓いであるのだ。

「プリンセス・ゴロハチ。汝(なんじ)に祝福あれ」

アルフレッドがそう言った——その時。ぞっ、と、何か奇妙な寒気がレジーナの横を通り過ぎた気がした。

一体何だろう、とその空気を不思議に思った時、ウウー、という低い唸(うな)り声(ごえ)が足元に聞こえた。

「プリンセス・ゴロハチ。汝に祝福あれ。歴代王の加護が、預言者の加護が、創造神の加護があらんことを——」

レジーナが瞬時に足元に視線を落とすと、ワサオが鼻面に皺(しわ)を寄せ、牙を剝(む)き出して唸り声を上げていた。

ワサオが警戒している——一体何に？　誰に対してだ？

しかし今までの経験上、この反応がある時は——。

「プリンセス・ゴロハチ。汝に祝福あれ。ズンダーの民たちから祝福を、父や母からも祝福を。そして——」

アルフレッドの右手が――ゆっくりと腰に帯びた剣の柄に触れた。

「私から汝に、死の祝福を――！」

はっ、と、イロハが振り向こうとしたその瞬間。

隣にいたオーリンがレジーナを背後に突き飛ばし、アルフレッドに向かって右手を掲げた。

ゆっくりと展開していく視界の中、白く冷たい光が弧を描いてイロハの頭上に吸い込まれたと思った瞬間。

甲高い金属音が発し、オーリンの出現させた魔法障壁が間一髪で剣を受け止めた。

「ったぁ――!?」

強（したた）かに尻餅をついた痛みを嘆くのもそこそこに、レジーナは目の前を見た。

そこにいたのは、驚愕（きょうがく）の表情で振り返ったイロハ、凶相を浮かべるオーリン、そして――酷薄な薄ら笑いを浮かべたアルフレッドだった。

「アルフレッド――？」

イロハの口が、それだけ動いた。

まるでガラス玉のような瞳が——眼の前の光景を受け止めきれていない。

「——やぱしお前が。お前だど思ってらった」

オーリンが殺気を含んだ声でアルフレッドに語りかける。

「《クヨーの紋》をわざわざ操った魔物に残しておいだのは、ズンダー大公家に恨みを持つ人間の仕業でねぇが、これをやったのがズンダー大公家ではねぇがと疑わせるため、やったごどをなすりつけるためでばねぇのがと……そう考えて正解だったな」

オーリンがゆっくりと言った。

「マサムネを、ここさいるワサオを、あんな風にし腐ったのはお前が。ベニーランドを護っていだマサムネまであんな風になれば——そりゃなんぼなんでもエロハだって焦るびの。早ぐちゃんどすた大公にならねばねぇ、ベニーランドに強いリーダーがいねばねぇと思わへだ。エロハが信頼してるお前だば、執政や将軍さ隠れて連れ出すのも簡単だったびのぉ——」

色を失ったイロハの唇が戦慄いた。今しがたオーリンが言った通りのやり取りがあったことは、その反応を見れば明白だった。

「どうせお前なんだべ、ここさ来てエロハさ古くせぇ誓いば立でるように焚ぎづげやがったのは。こったに魔物ばいる島だ、膾に斬り刻んでも誰も疑いはすねぇさ。後は妾の子であるお前がイロハに成り代わって大公になるだげ——そうなんだべ？」

妾の子、という単語に、アルフレッドが反応した。

ずるり、と剣の切っ先を下に向け、アルフレッドは低く笑った。

「プリンセスはそんなことまであなた方に話したのですか――私が、穢れた獣の血を継ぐ人間であると」

アルフレッドはそう言って胸元に手を突っ込み、首から提げていたネックレスを無造作に引きちぎり、足で踏み潰した。

途端に、妙な刺激臭が鼻を突き――ワサオがガウガウとアルフレッドに吠えついた。

【こいづだ！　こいづが俺を呪ったやづだ！】

レジーナの【通訳】スキルを介さなくても、ワサオの反応を見れば、誰もがそれを理解しただろう。

それを見ていたアルフレッドが片眉を上げ、「おやおや……」と目を丸くした。

「どこか見覚えがあると思ったら――あの辺境のフェンリルか。随分可愛らしい大きさになりましたね。そのせいで今まで気がつかなかった」

「アルフレッド……」

「獣というものは悲しい生き物ですねぇ。匂いや外見さえごまかしてしまえばもう何も覚えてはいられない。ドラゴンですら――呪をかけるのは簡単だった。やはり、獣はどこまでいっても獣なのだ」

「アルフレッド――！」

「そして、それはあなたもだ。プリンセス・イロハ」

アルフレッドは震えるイロハに振り向いて、にぃっ、と不気味に唇を吊り上げた。

「血縁や信頼という匂いで嗅覚を曇らせれば、あっという間に敵味方の判別すらつかなくなる……あなたはやはり、哀れな獣の子ですよ」

◆

「嘘だ――嘘だ！」

イロハは目の前の光景を、今の言葉を否定するかのように絶叫した。

「信頼していたのに――！　お前だけは、お前だけは私の味方だと思っていたのに――！」

その一言に、アルフレッドはレンズの奥の目を僅かに見開いた。

「私だけが味方？　勘違いも甚だしいですな、プリンセス・イロハ。あなたはずっと厄介な勘違いをしておられるようだ」

「アルフレッド――！　いつからだ、いつから私を――！」

「違う、そういう意味ではない」

アルフレッドの鋭い否定の声が響き渡る。

え？　と驚いたようにイロハは立ち竦んだ。

「私が問いたいのはこういうことです。――そもそも、あなたには最初から、敵などいないはずでは？」

その挑戦的な問いかけに、イロハが「なんだと……!?」と仰天した表情を見せた。

さぞかし愚かなものを見るかのように、アルフレッドは口元を歪めた。

「あなたに召し出されて四年。私はあなたに嫉妬しない日はなかった。私と同じく、あんな狂った獣から生まれた人間だというのに、あなたは私と違い、誰からも愛されていた。執政も将軍も、臣下も、そして兵士たちですら――幼く愛らしく、健気に努力するあなたをまるで実の娘のように愛し、可愛がった――それは明らかに君と臣の間の愛情を超えたものでした。ただただ、あなたがそれに気がつかなかった、いや……受け入れようとしなかっただけだ」

まるでその言葉自体が呪いであるかのように、アルフレッドの言葉は凄みを帯びていた。地の底から華やかな地上を睨め上げるかのような、深い怨念を感じさせる言葉に、イロハが怯えた。

「そ、そんなはずはない……！　だ、だって現に執政と将軍は、私がどんな風になっていても構わないと言った！　それは私に興味がないからで――！」

クス、と、アルフレッドが嗤(わら)った。

まるで駄々(だだ)っ子(こ)をあやすかのように、アルフレッドは跪いたままのイロハの前にしゃがみ込むと、イロハの両肩を抱き、その愛らしい顔を覗(のぞ)き込んだ。

「いいですか。正常な愛情を持った親というものはね、愛する娘に対して、死なずに生きていてほしい、いや――たとえどんな姿でもいいから戻ってきてほしいと願うものなのですよ、プリンセス・イロハ」

教え諭すような声に、イロハが――今度こそ絶句した。

硬直しているイロハの目を覗き込むアルフレッドの瞳は、まるで奈落に通じているかと思うほど昏(くら)い。

「あなたに興味がないから？　馬鹿を言っちゃいけない。興味がないのならば連れ戻すことなどしない。生きておりさえすればよい、それはむしろあなたの身を非常に案じているからこその一言だったのです。あなたはどうしてそう、投げかけられる愛情に怯えるのです？　ただありのまま受け入れればいい、愛されている自分を幸せだと思えばいいだけなのに……何故(なぜ)あなたはそうは考えないのですか？」

アルフレッドの声が憐(あわ)れむような色を帯びた。

「私の母はね、あなたの父によって王宮を放り出された後、頭がおかしくなったんです。ただただ一方的な欲望のために穢され、捨てられ、その結果生まれた私を――息子として正常に愛することは遂になかった。ただただ日がな一日、嘆き、悲しみ、恨み……私にきっとズンダー大公家に復讐を遂げよと刷り込み、やがて自ら命を絶った。この剣で己が喉を突いてね」

アルフレッドは、自分の、そしてイロハの中に流れる血を自嘲するかのように薄い笑みを崩さない。

「美しい母でした。哀れな母でした。その苦しみは終ぞ癒えることがなかった――私がいたからです。穢れた獣との間に生まれた忌み子――私を見るたびに、周囲が私を哀れなものとして接する度に、母はきっとあの屈辱の日々を思い出していた」

アルフレッドはそこで言葉を区切った。

「あなたによって王宮に召し出された後も地獄は終わることはなかった。同じ獣から生まれたはずのあなたなのに、誰からもこよなく愛され、それに応えようとひたむきに努力するあなたが――私には天に輝く綺羅星のように見えた。その一方、私はただ哀れまれるだけ。一方的に穢され、捨てられた母の無念を体現するもの――ひたすらに忌まれるだけの存在に思えてならなかった」

アルフレッドはそこで大仰にうなだれた。そしてしばし沈黙した後、「もう、疲れた……」と、莫大（ばくだい）な徒労を滲（にじ）ませたような声で言った。

「手に入らなかったもの、手に入ったかもしれないもの、周囲がほんの少し、もう少し正常でありさえすれば、私のものだったはずのもの……そんなものばかり間近で見せつけられて、私がどれほど苦しかったと思いますか？　私がどれほど――恨めしかったと思いますか？」

アルフレッドは顔を上げた。

その顔に浮かんだ表情――それは、どこかが壊れたような微笑（ほほえ）みだった。

「私はあなたを赦（ゆる）さない。否（いや）――赦してしまっては生きられないのですよ」

ぐっ、と、イロハの肩を掴（つか）んだアルフレッドの両手に力が入った。

痛みに呻（うめ）くこともなく、イロハは呆然（ぼうぜん）とアルフレッドの顔を見つめていた。

「そんな……」

思わず、レジーナの口からそんな声が出た。

「それでプリンセスを殺し、大公位を簒奪（さんだつ）しようと？　あなたは大公になれれば――それで満足なんですか？」

レジーナの非難めいた問いかけにも、アルフレッドは答えず、ただただ目を伏せているだけだ。

その沈黙が痛々しくて、腹立たしくて、レジーナは言葉を重ねた。

「あなたは見ていたんでしょう⁉　イロハがどれだけ大公になるために努力していたかを、ボロボロの掌（てのひら）を！　イロハはあなたを信頼しようとしていたから、あなたを召し出して側近にした！　それなのに裏切るなんて酷（ひど）すぎる！　イロハは、イロハはただ、味方が欲しかっただけなのに……！」

「何もわかっていないのに口を挟まないでいただきたい」

軽蔑するような口調とともに、アルフレッドはレジーナを睨（にら）んだ。その目の鋭さに思わず口をつぐむと、アルフレッドはゆっくりとイロハに向き直った。

「この人が私を召し出して側近に仕立て上げたのは、単に味方が欲しかったからではない。私に大公位を簒奪してほしかったからだ……そうでしょう？」

はっ？　とレジーナは、その言葉に虚を衝（つ）かれた。

確信めいたアルフレッドの口調に、感情を失ったイロハの目が僅かに見開かれる。

「この人は疲れていたんですよ。大公という名の重さにも、その重責に到底耐えることのできない、非力で無才な自分を責めることにも。だから向けられる愛情や期待に怯え続け、自分より明らかに優れている私を側近にした。この人はね、今のように私に後ろから斬りかかってほしかったのです。自分ではそれができないから、その役割を他人に押しつけたかったのです。本当にあなたは――どこまでも恥知らずの臆病者だ」

ねえ？　と確認するかのように、アルフレッドはイロハに向かって小首を傾(かし)げてみせた。

その不気味な振る舞いを最後に、ゆっくりとアルフレッドは立ち上がった。

「生憎(あいにく)、その期待には応えられない。私は大公位などに興味はない」

アルフレッドは頽(くずお)れたまま震えているイロハを見下ろした。

「平和に浄(きよ)められた世界がズンダー家の理想だと？　つくづく笑わせてくれる。ズンダーにあるのは過剰な暴力への渇望だけだ。力で支配し、奪い、踏み躙(にじ)ることしかできない獣が作った異常な世界――それがズンダーだ。そこまで暴力が恋しいのなら、私が与えてやる。永遠に終わることのない流血の世界こそがズンダーには相応(ふさわ)しい……。私は私が到底納得のできない世界を変える、そのためにここに来た」

もはや説得など不可能な声でアルフレッドは宣言し、今度はオーリンとレジーナを見た。

「あなた方のおかげです。ようやく私の大願は成就する。私を、私というものを生み出した世界を踏み躙り、私が生きるに相応しい地獄に変えるための――これは正統なる神の裁きだ」

「神だってな？」

オーリンが鼻白むかのように言った。

「そんでお前(な)はワサオやマサムネにあんなごどを喋(しゃべ)らせだと？　人間どもに至上の罰を、

ってが？　あんまりのぼせ上がんな。お前、自分が神さんにでもなったつもりなんが」

そのオーリンの言葉に――アルフレッドは無言で、笑みを深くした。

その笑みは不気味で――そしてレジーナの目には、何か別の意味を含んだ笑みに見えた。

まるで自分たちが何も知らないことを憐れむかのような、奇妙な哀惜を含んだアルフレッドの表情に、オーリンは不審そうに眉間に皺を寄せた。

「私は神になどならない。私は真の神の理に触れし者。穢れた神を調伏し、この世界を本来あるべき秩序に戻すために目覚めた者。――真の神のご守護と奇跡は、今、私の中にある」

アルフレッドは、トン、と足元を踏み鳴らした。

途端に、足元に幾何学模様の魔法陣が広がり――凄まじい光を発した。

う――！　とレジーナが顔を背ける間にも、次なる変化は始まっていた。

ズズズ……という、聖堂そのものを揺らす震動が床から身体に伝わり、レジーナは虚空を見上げた。

地震か？　いいや違う。耳に聞こえるのは明らかに海のうねる音――今まで静かだった海が咆哮する音だった。

一体何をした？　アルフレッドを見つめると、アルフレッドは端整な顔で微笑んだ。

「外へ行ってごらんなさい。あなた方も目の当たりにするがいい。我らが神の奇跡をね」

その一言に、オーリンがレジーナを見た。

「レズーナ、外へ出はれ！　エロハは俺が連れて行ぐぁ！」

その大声にいくらかの冷静さを取り戻したレジーナは床に手をついて立ち上がり、聖堂の扉を開け放って外へ出た。

そのまま木立を抜け、広い砂浜へ出たレジーナは――目に飛び込んできた光景に唖然とした。

海が、美しく蒼き海が――まるで見えない刃で斬り裂かれたかのように割れていた。

◆

「これは……!?」

レジーナは今自分が見ている光景が信じられなかった。

陽の光を受けてきらきらと輝く海が、断ち切れ、逆巻きながら――まるで一筋の道を通すかのように黒褐色の海底を晒している。

それだけではない。今まで自分たちが渡り歩いてきた島々にもその道は現れ、今や見渡す限りのマツシマのあらゆる島々が、黒く汚れた道で繋がっていた。

自分の足元から延びた道のその先は――レジーナが視線を上げると、遥か遠くに霞む陸地、大陸本土にまで繋がっていた。

魔法か？　いいや違う。

こんな強大で、悪逆的なまでの変化をもたらすことのできる魔法など、如何なる大魔導師のものであってもおそらく有り得ない。

この満々と水を湛えた大海原を断ち切るだけでも凄まじいのに、二百を超える島々全てを繋げてしまうとは――一体どれほどの力があれば、どれほどの存在であればこんな芸当ができるのだ？

「な、なんだやこいづは……!?」

人形のようにぐったりしたイロハを抱え、聖堂から飛び出してきたオーリンが、その光景を見て立ち竦んだ。

お互いに何が起こっているのかわからず、呆然とそれを見ていたレジーナとオーリンに、背後から「素晴らしい……！」という快哉を叫ぶ声が聞こえた。

「何という力、何という光景……！　これが神の奇跡、流浪の民を約束の地へと導いた神の道か！」

奇跡？　約束の地？　レジーナが振り返ると、アルフレッドは異様にギラついた目で断ち割れた海を見つめた。

「おお神よ！　我らが神……穢れた世界を浄化し、正しき正義と秩序をもたらす神よ！

ありがたき幸せ！」

アルフレッドはまるで役者のように腕を広げ、空を仰いで笑った。

「これが煉獄……これが罰か！　至純の悪たちよ、この島から解き放たれよ！　吼えよ、翔けよ、そして遍く知ろしめよ！　罪深き者どもに至上の罰を、至上の怒りを――！」

それはまさに狂人の顔と声――。整った顔を歪め、似合わぬ下卑た笑い声で笑うアルフレッドは、意味不明な言葉を絶叫しながら、まるで初雪を喜ぶ子供のように小躍りしている。レジーナの背筋がつららを突っ込まれたように冷えた時、何かを察したオーリンがアルフレッドを睨んだ。

「畜生、なんでこすた島さエロハば連れで来たのがど思てらったが、今のでわがったぜ。そういうごどが……！」

「えっ？」

「こすた手品を一体全体どうやってやってんのがはわがんねが……こいづ、マッシマの魔物だちさベニーランドば襲わへる気だ」

オーリンの声に、アルフレッドは満足そうに頷いた。

「ここマッシマとベニーランドは今や神の御業によって地続きとなった。穢れた力によって創られた百万都市を魔物たちが蹂躙していく様――それはさぞやの見ものでしょうねえ」

途端に、グオオオ、という咆哮が海を轟(とどろ)かせ、レジーナははっと音のした方を振り返った。

魔物たち——それも一体や二体ではない、数え切れぬほどの魔物たちが蠢(うごめ)き、行列をなして、海底に切り開かれた道を歩き出していた。

あんな怪物たちが大陸最大の都市であるベニーランドに押し寄せたら——レジーナはその末路を想像して戦慄した。あの活気ある街、平和を謳歌(おうか)している人々、絶えることのない穏やかな時間の流れ……その全てが屠(ほふ)られ、惨(むご)たらしく引き裂かれる光景。酸鼻極まる修羅の光景を想像すると背筋が再びぞっとして、レジーナは震える声で叫んだ。

「どうして……！　どうしてベニーランドの人々を、無関係の人々を巻き込むんですか！　復讐(ふくしゅう)のつもりですか、一体何への⁉　誰への復讐なんです⁉」

レジーナの詰問にも、アルフレッドは薄笑いを崩さない。

「あなたのお母様の仇討(あだう)ちのつもりなら、復讐すべきはズンダー大公家だけでいいはずでしょう！　あなたたちの怨念に何も知らない民を巻き込んで殺戮(さつりく)しようだなんて間違ってる！　あなたたちのお母様だってそこまで望んでは……！」

「やめろじゃレズーナ、無駄だ。あの目を見ながら」

不意に——オーリンが右手でレジーナを制した。

その声に従って見つめたアルフレッドの目には——先程とは打って変わって、何の狂気の色も浮かんでいない。え？　と目を見開いたレジーナに、オーリンはぞっとしたような表情を浮かべて呻いた。

「あれはどう考えでも普通ではねぇ。こいづは個人的な復讐など考えでねぇんだ。なんだがさ、まっとまっと……やばい事さ首突っ込みやがったんだ」

「やばい事、ですか。あなた方にとってはそうでしょうね……」

アルフレッドは最初に聞いた声、普通の、一人の正常な人間に戻ったかのような声で苦笑した。

「そこの魔導師さんの言う通り。私はズンダー家に復讐せよとしか言わない母のこともずっと憎かった。私はアルフレッド・チェスナットフィールド。復讐のために生まれたわけでも、ズンダー大公家を継ぐために生まれたわけでもない……私は、私のはずだ」

心の奥底にある、決して溶けることのない何かを想像させる声でアルフレッドは宣言した。

「私という間違った存在を生み出した世界を否定し、私は新たな、私という存在が正常でいられることのできる世界をゼロから創り出す……私は殉教者アルフレッド・チェスナットフィールド。真の神の教えに従い、この身命を捧げるものだ」

殉教者。その一言が、レジーナの耳の奥底に静かに冷えて固まった。

その不穏とも、何故だか高潔とも思える響きの印象が消えぬうちに、オーリンがずい、と前に進み出た。

「……お前(な)がどごの誰(だい)だがなんて関係あるが。このクズ野郎(ほいどたがれ)が」

皮一枚下に激情を押し留(おとど)めた声だった。

そのドスの利いた声に、アルフレッドも流石(さすが)に薄笑いを消した。

「道理で夜になるとコソコソどっかさ消えてぐど思たね。どうせあの魔物だもお前(な)が操ってあなってんだべ？　っつうごどは、要するにお前(な)を完璧(のれっと)にぶちのめせ(ふんじゃめれ)ばいいんだべや。なも簡単(じょさね)なごった。そったに神さんさ会いでぇなら丁度いい、お望み通りオソレザンの三(さん)途(ず)の川(かわ)ば拝まへでやるさ——」

オーリンが右手に拳を握った瞬間、フン、とその激情をあざ笑ったアルフレッドが視線を上に向けた。

途端に、ギャアギャア、という耳障りな声が降ってきて、オーリンがはっと空を見上げた。巨大な鳥や魔物たちが、ベニーランドのある方角、北西の空を目指して飛んでゆく光景が見える。

空を埋めつくさんばかりの百鬼夜行を見上げて、アルフレッドが笑った。

「私が操っているのがこのマッシマの魔物たちだけだとお思いで？　それならマサムネを操る理由など最初からなかったでしょう？」

「なんだど……!?」

その途端、アルフレッドの右目から瞳が消え——代わりに、ぎょろり、と、何かの意匠が現れた。

そこに現れた紋章――今までの《クヨーの紋》ではない、向かい合う雄々しき二匹の獅子の意匠。あれは――この王国の王家の紋章だ。

「ご安心ください、皆殺しにはしませんよ、適当に何万人かに死んでもらうだけです。今後、この紋章を理由に国王家と殺し合いをする連中の頭数まで減ってしまったらつまりませんから」

「お前……！」

「私が真の神より与えられしもうひとつのスキル――【狂獣遣い】で操れる魔物の数に上限はない。ほらほら、どうします？　放っておいたらベニーランドは壊滅だ。私をぶちのめす時間はあるんですかねぇ？」

くっ！　と、顔を歪めたオーリンが、空に向かって右手を掲げた。その途端、大空に極大の魔法陣が描き出され――自由に空を羽ばたいていた魔物の群れと正面から激突する。グエェ！　という断末魔の悲鳴を上げ、ぼたぼたとハエのように海へ落ちていく魔物たちの雨を掻い潜りながら、次なる魔物たちはまるで雲霞のごとく押し寄せてくる。

これではとても間に合わない。

焦燥を露に、オーリンが砂浜を駆け出した。

「あ、先輩――!?」

叫ぶその間にも、まるで連発花火のように、空にも地にも海にも、オーリンが召喚する魔法障壁が現れては消えた。

その後ろ姿を見送ったアルフレッドが——レジーナを見て、ニヤリ、と笑った。

「さぁ、どうします？　最大の実力者である彼なしで」

レジーナは、ごくり、と唾を飲み込んだ。まるで今まで立っていた足元が消失したような不安感、欠落感を覚えたレジーナに向かって、アルフレッドは無力を憐れむように笑い、小首を傾げてみせた。

「あなたと犬一匹で、私を止めてみますか？」

◆

ウウー、とワサオが唸り声を強めた。

その様を一瞥し、剣の柄に手を伸ばしたアルフレッドは、すらりと白刃を抜き放った。

「あなたとその犬で協力し合えば、どうにか数分は生きていることができるかもしれない。ただそれは度胸や覚悟の話ではない。単純に力、経験、もっと言えば持って生まれたスキルの話になる」

そのまま、アルフレッドは剣の鋒を真っ直ぐレジーナの鼻先に据えた。

十歩ほどの距離が開いているはずなのに、研ぎ澄まされた殺気がそうさせるのか、まるで目の前に鋒を突きつけられている気さえする。

「この一週間、つぶさにあなたを観察させていただきました。どう見てもあなたは戦闘などできない——否、それに巻き込まれる可能性すら一顧だにしたことがないらしい。逃げる以外の身の護り方を知らないんでしょう？　無力な人だ」

わかっていますよ、というようにアルフレッドは唇の端を持ち上げた。

「護られることに慣れ、己が剣を振るうことを知らない。護ってくれるはずだった青年は今それどころではない。さぁ、あなたは赤ん坊も同然だ。どうします？　多少できるらしい回復魔法を応用して目眩ましでも仕掛けてみますか？」

挑発的な一言に、今まで怯え一色になっていた心の底に、怒りの赤が一滴垂れて広がった。

「ふざけないで……！」と歯を食いしばったレジーナは爪が食い込むほどに拳を握り、首から提げていた十字架ナイフを一息に抜き放った。

「結局、私は足手まといだって言いたいんでしょう？　アレコレ言葉選んでんじゃないわよ、クズのくせに！」

その罵声に、アルフレッドは整った眉を少し震わせたように見えた。

「力や経験がなくても意地だけは人一倍あるわよ、これでも冒険者よ！　絶対に無傷で通すもんか、アンタの腕でも足でも喰らいついて、ハムみたいに食い千切ってやる！」

　ワン！　と、ワサオがレジーナの啖呵に呼応するように吠えた。一歩も退かぬ、という決意でアルフレッドを見つめると、アルフレッドの顔が苛立ちに歪んだ。

「おやおや……あなたを少々見くびっていたようだ。これは気をつけて、全力で叩き斬らないと、確かに指の一本や二本は危ないかもしれない」

　遊んでいたアルフレッドの左手が、剣の柄に添えられる。その瞬間、凄まじい殺気が肌をひりつかせるほどに放たれ、レジーナの肝が冷えた。

「さぁ、覚悟はよいか。あなたの度胸に敬意を払い、全力でお相手しましょう——！」

　瞬間、アルフレッドが地面を蹴った。

　ゴォ——という音が耳の横を通り過ぎたように感じたのは気のせいだろうか。

　絶対に逸らしてたまるか、と決めた目を見開き、命綱を握り締め、アルフレッドの振るう白刃の円軌道を追いかけた、その時だった。

　スッ、と視界に割り込んできた黄色が——真っ直ぐレジーナに吸い込まれるはずだった燐光を受け止めた。

　ギィン！　という音が鼓膜に突き通り、うっ、とレジーナは顔をしかめた。

　何だ、何があった——！　と薄目を開けたレジーナの前に——岩のように立ちはだかるものがある。

「な――!?」

アルフレッドさえ、己の剣を受け止めたそれを驚愕の目で見つめた。

小さな身体を精一杯怒らせ、交差させた二本の木刀を頭で固定して――。

イロハが、アルフレッドの一撃を渾身の力で受け止めていた。

「アルフレッド――」

低く、それでも捨てきれない何かを滲ませて、イロハが呻いた。

その一撃を受け止めることもこの小柄では相当に辛かったはずなのに、イロハはまるでそういう形の彫像であるかのように微動だにしない。

「そなたの言う通り――いや、そなたの言う通りであったのだろうな」

カタカタ……と、木刀を持つ手が震え、剣と擦れあって金属音を立てる。

「私がそなたを側に置いたのは、確かに大公位を簒奪してほしかったからやもしれぬ。知らず知らずのうちに私はそなたの存在に甘えていた。私より遥かに優れたるそなたに……。

わかっているなら大公位を禅譲すればよかったのに、その覚悟さえ私にはつかなんだ。何もかも――私は怖くてたまらなかった」

イロハの独白を、アルフレッドは意図の知れぬこわばった表情で聞いている。

ぼたぼた、と、イロハの顔から汗の雫が落ち、砂浜に落ちて染みを作った。

「今も……正直、私はそなたが恐ろしくてたまらない。そなたがどんな大義名分を持ってこんなことをしでかしたにせよ……私には正直、これは狂人のやることとしか思えぬ」

「な……なんだと……!?」

そこで初めて、アルフレッドの顔がほんの少し歪んだ。

一瞬、取り繕った鎧のような空気に亀裂が入り、イロハの言葉が初めてアルフレッドの心に突き刺さったかのように思えた。

「三百万のズンダーの無辜を殺す大義……その大義が如何なるものであるのか、卑小な私には想像すらつくことではない。だがそなたはもう、そうと決めておるのだろう？　そんな惨いことでも、一度決めたらやり通すのだろう？　そうすると決めたら愚かにもそう思い定める男だよ、そなたは――」

イロハが、克と目を見開き、アルフレッドを剣越しに見つめた。

その目に――少し、少しだけ、同じ血を分けた人間に対する哀れみが滲んだ。

「私の兄である男ならそうであろうさ。——妹である私がそうだからな」

「——ッ!?」

アルフレッドが、何か意表を突かれたような表情を浮かべた。受け止められた剣を外し、飛び退ったアルフレッドに向かって、イロハは二本の木刀を構えた。

「アルフレッド！　もう貴様を赦すことはできないッ！」

迷いを吹き消すようにして、イロハが小さな身体を振り絞って絶叫した。

「大逆の重罪人、そして狂気の殺戮者、トーメ伯アルフレッド・チェスナットフィールド！　ベニーランドを、尊きズンダーの弥栄を破壊せんと企てる忌まわしき者よ！」

小さな足を踏ん張り、胸を張り、背筋を正し、短い手足をいっぱいに伸ばして。

イロハが天をも轟かすほどの大音声で宣言した。

「来い！　その歪んだ心を、痛みに狂った人生を、この大公息女、イロハ・ゴロハチ・ズンダー十四世が叩き直してくれるわッ!!」

轟く波濤の音をも圧して、その声は響き渡った。

まるで赤められた鉄が灼熱を発するかのように、イロハは全身から闘気をみなぎらせてアルフレッドの前に立ちはだかった。

一瞬、その意気に圧されたようにたじろいだアルフレッドだったが——数秒後には少し呆れたような表情で笑った。

「これはこれは……随分勇ましいものだな」

アルフレッドは肩を竦めた。

「冗談でしょう？　あなたでは私には敵わない。斬り結ぶことすら……。今の一撃を受け止められたことは少し意外でしたが、偶然がそう何度も続くわけではない」

挑発にも、イロハは何も答えない。

それを恐怖の表れと受け取ったらしいアルフレッドは更に続けた。

「無駄な抵抗はおよしなさい、プリンセス・イロハ。あなたは護られる側であって護る側のお方ではない。楽に死ぬ機会を逃すことになりますよ？　それは少々……」

「黙れ！」

再びの一喝に、アルフレッドが口を閉じた。

「敵わなくたって護ってみせる、それが王なるものの務めだ！　やせ我慢なら生まれた頃から何度もしてきた！　もとより非才の私にはそれしかない！　ならば……！」

イロハが、奥歯を噛み砕くほどに食いしばった。

「そのやせ我慢、死の間際まで張り通すのみ！」

瞬間、イロハが気合いの怒声とともに地面を蹴った。

小さな身体を砲弾のように小さく丸め、アルフレッドに斬りかかる。

一瞬、アルフレッドの挙動が遅れたように、レジーナには見えた。

イロハの覚悟に気圧されたか、あるいは……と考えるより先に、なんだかはっとしたような表情でアルフレッドは剣を構えた。

ガキン！　という音が発し、イロハの一撃が剣の峰でがっちりと受け止められた。うう、とまるで猛獣のように唸り声を上げ、イロハはアルフレッドの顔を睨みつける。

「ちっ……！」

瞬間、アルフレッドが右足でイロハを蹴飛ばし、イロハは砂を巻き上げながら後ろに吹き飛んだ。「イロハ……！」とレジーナが声を上げるのに続いて、アルフレッドが呻いた。

「何か小手先でも凝らしてくるかと思いきや、力任せの突進とは……。まるで獣だな」

心底軽蔑すべきものを見た、というように、アルフレッドは砂浜に転がって咳き込むイロハに大股で歩み寄るや、そのまま剣を大上段に振り上げ——慈悲なく振り下ろした。

ぐっ、と砂を掴んだイロハが地面を蹴り、猫の敏捷さでその一撃を躱した先で、イロハはなんとか地面を踏みしめ、体勢を立て直した。

ぶん、ぶんっ……と次々振り抜かれる冷酷な剣戟を紙一重で躱しながら、イロハはやがて飛び退って間合いを開ける。

「やれやれ、あまりすばしっこく動かれると斬りにくくて敵わないな」

「黙って斬られるつもりなどないと言ったはずだ！　私の背中には三百万人の命が乗っておる！」

イロハは再び木刀を構えた。

「どうした、アルフレッド・チェスナットフィールド、それでも我が兄か！　私を一刀のもとに斬り伏せるのではなかったのか！　それとも、妹可愛さに太刀筋が鈍ったか！」

そのイロハの言葉に、アルフレッドの顔がはっきりと歪んだ。「黙れ……！」と声を荒らげたアルフレッドが地面を蹴り、イロハに向かって剣を振り下ろした。

随分短絡的で隙だらけな――と思ったのは、イロハも同じだったらしい。真下に振り下ろされた剣を最小限の動きで避け、返す刀で鋭く振り上げられた木刀に――アルフレッドが目を見開いた。

ゴ！　という音とともに、アルフレッドの顎先が強かに跳ね上げられる。

レンズがひび割れる音が聞こえ、銀縁の眼鏡に亀裂が入る。

「ぐっ……!?」

アルフレッドが慌ててよたよたと後退し、剣を下ろしたまま右手の袖で顔を拭った。

まさか一撃を喰らうだろうとは思っていなかったことは、振り返ってイロハを見るその表情が物語っていた。

「今のが真剣ならば……貴様は死んでいたな」

イロハの静かな指摘に、アルフレッドの白い顔が紅潮した。

イロハの一言一言、挙動のたびに――アルフレッドが取り繕った見えない鎧が剝がれ、千切れ、その下に隠されていた何かが剝き出しになってゆくのがわかる。

「イケる――」

レジーナは確信を込めて呟いた。

「イケる！　イロハ、頑張って！」

レジーナは、まるで数倍も大きくなったようなイロハの背中に叫んだ。

「あなたは絶対に無力じゃない！　あなたならできる！　お願い、絶対に負けないで！　ズンダーの未来を護る……今のあなたならそれがきっとできる！　頑張って！」

ワウ！　とワサオも吠え、尻尾をちぎれんばかりに振り回した。

イロハ、そしてアルフレッドがそれぞれ発する闘気。そしてその熱に浮かされた一人と一匹の力強い声援が、マツシマの美しき海を沸騰させた。

◆

振り続けた右手が痺れてきていた。

一体何体の魔物を撃墜し、侵攻を阻んだだろう。百、あるいは二百――？

ぜぇぜぇ、という自分の喉が立てる音を不快に思いながら、オーリンは左手で額に浮かんだ脂汗を散らした。

その間にも、魔物たちは地鳴りを立てながら本土を目指して歩いていく。

魔法障壁をいくら展開しようときりがない数を前にして、オーリンは刻一刻と削れていく己の魔力量を計算した。

あと何分保(も)つだろうか、三十分――いや、残り時間はもっと短いはず。

いくら魔法障壁の消費魔力は他の魔法と比べて少ないとはいえ、千も二千も展開し続ければ減り続けるのは自明の理だった。

己の魔力が尽きた時は、この魔物たちの百鬼夜行を、ベニーランドへ、そしてズンダー領へ素通りさせる時――。

一体や二体はベニーランドを護る《金鷲の軍勢(ゴールデン・イーグルス)》や衛兵たちに期待して、とりわけ危険そうなものだけを仕留めることにするか？　いいや――それではあの群れの中から危険そうな魔物を探すのに時間がかかるだけで意味がない。いくら危険度が低い魔物でも、その数が膨れ上がれば、如何にベニーランドの精兵たちといえど対処は難しいだろう。

ギリ、と奥歯を噛み締めて、オーリンは再び右手を振り抜いた。

海底の道を歩いていた大蜘蛛(ぐも)が展開した魔法障壁に弾(はじ)き飛ばされ、大海原(おおうなばら)の中に落ちる。

その瞬間、意図に反して魔法障壁がチカチカと点滅し――まるで崩れ落ちるかのように消えた。

「魔力、もう限界だのぉ……」

呟いた弱音は、地鳴りと潮騒に掻き消され、自分の耳にすら届かなかった。

まったく、情けない――シラカミの山の中に潜り込んだ時はもっともっと危険な目にあったというのに。あそこで着の身着のまま過ごした三日間は、襲ってくる魔物も然ることながら、極度の寒さと飢えとで、そもそもただ生きていることが難しかった。あの時に比べたら雪がなくて踏みしめる大地が確かなだけ条件は有利なはずだが――オーリンは自分の不甲斐なさに歯噛みした。

そもそも――と、そこでオーリンは考えた。

あの男、本当にスキルをふたつ持っているらしい。通常、創造の女神から与えられるスキルは個人にひとつ、それがこの世の原理原則だ。神からスキルをふたつ与えられることなど絶対に有り得ない。

だが、あの男は「真の神より与えられしもうひとつのスキル」と言っていた。有り得ないことと言えたが、この世に神が本当に二柱存在するとしたら――当然、個人に与えられるスキルも増えるのかもしれない。

さらに異常なのは、この魔物の数だ。いくらスキルを磨いたからといって、この数――

空も海も覆い尽くすほどの魔物を一度に使役することなど、尋常なことではない。【狂獣遣い（モンキー・マジック）】などとあの男は呼んでいたが、通常、テイム系のスキルは操る魔物の数や凶暴さに比例して魔力の消費は早まるはずだ。こんな大量の魔物たちを同時に使役すれば一分と経（た）たずに魔力は尽き、以降は逆さに振っても出てこないはずなのだが——操られているのはこの数である。更に不可解なのは断ち割れたままの海だ。こんな滅茶苦茶（めちゃくちゃ）な力、どう考えても個人が起こせる魔法現象ではない。

一体、あの男は何者なのだ。

否（いや）、あの男の背後に何がいて、この無尽蔵とも言える魔力は一体どこから供給されているというのだ？　まるであの男の言う通り、やつには本当に神の加護があるとでも言うのか。

その事実を改めて思い返して、少しぞっとする気分を味わったオーリンは、ええい、と大声を上げてその気弱な想像を振り払った。

今は目の前のことに集中しなければならない。シカラミの熊も、トワダのドラゴンも、そしてオガワラ湖の人喰い蜆（ひとくいしじみ）も、こっちが弱気になったところを目敏（めざと）く見つけては襲いかかってきたものだ。アオモリでは、生きることを、戦うことを諦めたものから喰われる——その原理原則を思い出したオーリンが己を奮い起こし、再び右手を振り抜こうとしたその時だった。

《イケる！　イロハ、頑張って！》

不意に——予め広げていた魔法感知野にそんな声援が届き、はっとオーリンは顔を上げた。

瞬時、意識を集中させ、オーリンは島の反対側にいるはずのレジーナたちの様子を探した。

《あなたは絶対に無力じゃない！　あなたならできる！　お願い、絶対に負けないで！　ズンダーの未来を護る……今のあなたならそれがきっとできる！　頑張って！》

なんと——アルフレッドの前に立ちふさがっているのはレジーナではなく、イロハではないか。

魔物に睨まれれば青ざめ、ただオロオロするだけの臆病者だった癖に、イロハは今や二本の足で大地を踏ん張り、木刀を構え、アルフレッド相手に一歩も退かぬ構えを見せている。あの短軀には長すぎると思える木刀を天に向かって振り上げた姿——それはまるでムツの海で水揚げされたトゲクリガニがハサミを振り上げて精一杯人間を威嚇しているかのようで、少し可笑しかった。

へへっ、とオーリンは笑った。

「なんだや、エロハのやつ……やればでぎんでねぇがよ」

そう、彼女は今、遥かなる星に手を伸ばそうとしている。

ただ見上げるだけ、憧れ続けるだけだった兄の背中に手を伸ばし、力づくでそれをねじ伏せようとしているのだ。

負げでらんねぇ、とオーリンは口の中で呟いた。

あんな臆病者さえ、勇気を振り絞って立っているのだから。

ここで自分が先に倒れれば、せっかく星へと伸ばした彼女の勇気がなかったことになってしまう。

すう、とオーリンは息を吸った。

もう魔法障壁を展開するのも限界だ。

少ない魔力で伸るか反るかの大勝負に打って出る時が来たようだ。

「斗南流【八蝕】、一式――」

彼、オーリン・ジョナゴールドが、最果ての地アオモリで習得した魔法の種類は、それほど多くはない。十五歳でスキルに目覚め、王都に向かう十六歳までの一年間、彼はアオモリの各地を旅してはその道の達人と出会い、その技を磨いた。

ある時はシラカミの奥深い山中へ、ある時はオーマの大海原へ、ある時はオソレザンのシャーマンキングの下へ——。

一年というごく短い期間ではありながら、彼は様々な経験を積み、辺境の各地に伝え残された魔法の秘伝や極意の習得に励んだ。

斗南——北斗七星より南。

それは人間が生きる最果ての地、アオモリを指す古名だ。

この大地の遥か北の彼方、人間が生きるのにあまりにも適さない過酷な辺境の大地に、それでも連綿と生を紡いできた人間たちの技と力。

その数々を垣間見た彼は、王都に渡ってからもその技と知識を磨き続け、それは遂に八つの奥義として結実した。

【八蝕】——那由多の敵をも蝕む八つの絶技。

文字通り那由多の敵を前にして、彼はそのひとつを行使する決意と覚悟を固めた。

瞬時、瞑目の状態で意識を集中させ――。

克、とオーリンは目を見開き、生命維持に費やしている魔力を集結させた。

途端に、オーリンの額に現れたものがある。

青白く光る、小さな十字の紋章――その紋章が強い光を放ち、まるで魁星のように強く発光する。

同時に、バチバチと放電するかのように右手に火花が散り――青白い光が形を為して現れる。

やがて右手に現れたのは、全身より掻き集めた魔力を「斬る」形へと具現化した力――魔法剣。

そのまま身体を開き、魔法剣を両手で構えたオーリンは――襲い来る魔物たちの群れに向かって一喝した。

「八蝕、一式――！」

研ぎ澄まされた魔力が魔法剣を圧倒的に発光させ、刃が唸りを上げて大気を斬り裂いた。

「【太刀佞武多】――！」

瞬間、オーリンは魔物の群れに向かって魔法剣を振り抜いた。

シュン――と、海と、そして大気をも鋭利に斬り裂く音が発し、須臾の間に海底を征く魔物たちの間をすり抜けた。同時に、海が、無残に断ち割れた海の壁が――見えない刃に斬り裂かれたかのように、弾け、白波を立てる。不可視の刃は空を斬り裂き、その先に鎮座していた島の岩山をも真っ二つに断ち割った。

一瞬、魔物たちの群れが、痙攣したように動きを止めた。

その直後、ズル……という不気味な音とともに、怪物たちの身体が両断され――痙攣する間もなく海底の道に折り重なった。

「化け物ども、こっからが強情者ツガルもんの本気だァ！　覚悟し腐れァ!!」

絶えず吹き出てくる冷や汗を気合いとともに散らしながら、オーリンは腹の底からの声を張り上げた。

◆

ズパッ！　という重い衝撃が大気を震わせ、レジーナははっと背後を振り返った。

美しき海の向こうにあった岩山が断ち切られ、それと同時にぞろぞろと進撃している魔物たちが、まるで手品のように斬り裂かれてゆく。

見えない刃は次々と空を飛んでいるらしく、そのたびに海は逆巻き、飛沫を上げ、遠く空に浮かぶ雲さえ断ち割れていく。

「先輩……！」

オーリンが奮戦している。見ればすぐにわかる。

あれだけの魔物たちを、たった一人で、あと何分抑えられるのか。

刻一刻と少なくなっている残り時間を思った時、ガキン！という金属音が発して、レジーナは目の前の光景に向き直った。

「驚いた。これほど動けるとは……！」

剣を構えながらアルフレッドが、驚き半分、憎らしさ半分というような声で呻いた。

美しい銀髪をほつれさせ、顔中に汗の珠を浮かべたアルフレッドからは、冷徹で穏やかな青年という第一印象はもはや消えていた。

気力を振り絞って両足を踏ん張り、全身を使って息をしているイロハの小柄な身体を見つめて、アルフレッドは口元を歪ませた。

「ただ恐れを捨てただけ……とは言えまい。非才の身でありながらここまで剣を振るい続けた努力の賜物か。まったく忌々しい、さっさと斬られてくれればいいものを……」

「斬られるわけにはいかぬと言ったはずだ！　今この時も、私のために戦ってくれている者がおる！」

はっ、とレジーナはイロハを見つめた。

イロハは握った木刀をぶるぶると震わせながら叫んだ。

「貴様の言う通り、私はずっと怯えていた……。他者から向けられる愛情にも、期待にも……！　ずっと怯えていた！　こんな非才の自分には過ぎたるものだと……ずっと怖かった！」

イロハは涙声で声を振り絞る。

「だが今は違う……私のために、ズンダーのために、勇を奮って戦ってくれる者が、私ならやれると言ってくれる者がおる！　私が戦わずしてどうなる！　怯えてなどおれぬ！相手が誰であろうと、その者たちのために決して私は倒れぬ！」

その声に、レジーナはイロハが抱えていた葛藤を思った。こんな切ないほどに小さな身体で、しかし全身に闘気を漲らせながら、イロハはアルフレッドの前に岩のように立ちふさがる。

「決して倒れぬ、か……よかろう。ならばやってみるがよい」

何かを覚悟したような声とともに、アルフレッドが静かに剣を構え直した。

「私はあなたを敵として認めよう。あなたは最早、斬らなければならぬ障害だ。本気で行きますよ――！」

それと同時に、アルフレッドが地面を蹴った。

疾い、まるで瞬間移動のような速度で一気に間合いを詰めたアルフレッドの剣が、イロハの首筋を狙う。

ギリギリの反応でそれを受け止めたイロハの木刀に刃が食い込み、ゴリ……と鈍い音を立てた。

体格差と連撃を利用しながら、アルフレッドは一息にイロハを追い込んだ。気合いの一言とともに繰り出される攻撃の連続に、防戦一方のイロハはたまらず十歩ほども後退する。

「イロハっ、頑張って！」

拳を握り締めながら、レジーナは大声を張り上げた。

「絶対にやれる……あなたならできる！　ズンダーを護ることが！　負けないでっ！」

その声援が届いたのかどうか、斬り合いはブレークの時を迎えた。

どうにか剣をいなし、鋒を逸らしたイロハが右の木刀でアルフレッドの側頭部を狙った。

それを大きく身を屈めながら躱したアルフレッドだったが——その場で素早く体を捻り、一回転したイロハの挙動を見て、目を大きく見開いた。

「な……!?」

バキッ！　という鈍い音が弾け、顔を背けたアルフレッドが苦悶の声を上げた。

ぽたぽた……と赤い雫が垂れ、白い砂浜を汚す。

「ぐ……う……！」

強かに打たれた顔を手で押さえながら、アルフレッドはゆっくりと顔を上げた。

滴る鮮血に手を汚し、目を血走らせながら、アルフレッドはこぼれ落ちんばかりに両眼を見開いてイロハを睨んだ。

その凄まじい形相からの視線を受け止めても、イロハは動じることなく木刀を構え直した。

「――恐れているな、アルフレッド」

意外と言える一言に、は――？　と、アルフレッドの唇が動いた。

「私を斬るのが怖いか。そうなのであろう？」

イロハは確信的な口調でそう言い、鷹のように鋭い目でアルフレッドを見た。

「そうでないというのならひとつ問おう。貴様は何故、この島に来てすぐに私を斬らなかった？　私を始末してからゆっくりと事を起こした方がよほどやりやすかったはずだ。何故貴様は最後の島まで私を生かしておいた？　何故オーリンたちを護衛に引き入れることに反対しなかった？　何故、最後の最後まで馬鹿正直に護衛の真似事などしていた？」

その言葉に――アルフレッドの顔から一切の表情が抜け落ちた。

レジーナも、イロハの口から出た言葉に息を呑んだ。

「その気持ちはよくわかる……貴様は私を斬ることを恐れていたのだ。この島に来た時も、あの聖堂で私に斬りかかった時も――そうでなければ貴様ほどの人間が仕損じるはずなどない。誰かにそれを阻まれるのを貴様は待っていたのだ」

　カタカタ……と、アルフレッドが握った剣が音を立てて震えた。

　図星――であったのだろう。その反応を見ればすぐにわかった。

「それは三百万人の無辜（むこ）を殺戮（さつりく）せしめることに対して……だけではないのだろう？　貴様は私を斬ること自体が怖くてたまらなかったのだ。まったく……嫌なところが似たものだ。貴様は、いや、そなたは……私に似て臆病者なのだ」

　アルフレッドの顔色が、青ざめるほどに変わった。

　イロハは威厳ある声でアルフレッドに語りかける。

「正直、そなたが言うところの神や罰という言葉に、私は興味を持たぬし咎（とが）めるつもりもない。だが背負えぬ責を背負うのはやめろ。そなたは神の代理人にも、殉教者にもなることはできぬ。そなたは……ただの臆病者なのであるからな」

　ふう、とイロハは言葉を区切った。

「約束せよ。この戦いに私が勝ったら、きっとこの凶行を諦めると。兄であるそなたを処すことなど、私にはできぬ。ズンダーを去れ。そして二度と戻らぬと……誓ってくれ、アルフレッド」

　その声は、十四歳の少女の声でも、イロハの声でもなかった。それは正しく大公息女（プリンセス）

──プリンセスとしての、威厳ある、そして拒否を赦さない命令だった。

その声を受け止めて、アルフレッドが一切の動きを停止した。

長い沈黙が、砂浜に落ちた。

一体何秒待ったことだろう。焦れたようにイロハが口を開いた。

「アルフレッド──！」

その、途端だった。

やおら顔を上げ、くわっ、と血走った目を見開いたアルフレッドの左手が──イロハに向かって振り抜かれた。

うっ！　と悲鳴を上げてよたよた後退したイロハの顔をべったりと濡らすもの──血だった。

思わず足元がもつれ、イロハが尻餅をつく。

レジーナは思わずイロハに駆け寄り、その背中を抱きとめた。イロハは両眼に入り込んだ鮮血を手でめちゃくちゃに拭おうとする。

見ると……イロハの顔にはどこにも出血した形跡はない。アルフレッドの血か、とレジーナが気づくのと同時に、ゆらり、とアルフレッドが立ち上がった。

「私が……臆病者だと⁉　神をも恐れぬ不届き者め……！」

アルフレッドの声は、壊れかけていた。喉のどこかが破れ、そこから息が漏れ出したかのような、滅茶苦茶に震え、かすれた声は――ただひたすらに恐ろしかった。

キッ、とレジーナはアルフレッドを睨みつけた。

「卑怯者……！」

「黙れ！　弱い者に道が選べたためしはないのだ！」

罵声に倍する大声で怒鳴りつけられ、レジーナは思わず身を竦ませた。

「貴様にわかるのか！　自分の血を呪うしかない惨めさが！　誰からも正常な愛情を受けられなかった人間の怒りが！　私を愛してくれたのはあの方……我らが神だけだ！　それを愚弄することは赦さん！」

おおお、と、アルフレッドの背中から凄まじい殺気が立ち上り始めた。

ゆっくりと剣を持ち上げ、アルフレッドはよたよたと、幽鬼そのものの足取りで近づいてくる。

「レジーナ、逃げよ……！　私に構うな……！」

「馬鹿言わないで！　ほっとけるわけない！　私にだってやれることがある！」

「よ、よせ……アルフレッドは本気だ……！　そなたは死ぬな、我々兄妹の因縁に付き合うことはない……！」

「そんなことじゃない！　あなたが立派だと思うから助けるの！　絶対に死なせない、私があなたを護る！」

レジーナはイロハの小さな身体に覆いかぶさった。

レジーナたちを護らんと激しく吠え立てるワサオを、アルフレッドが無造作に蹴飛ばした。ギャンッ！　と悲鳴を上げてワサオが吹き飛び――アルフレッドが剣を構えた。

絶対にここから退かない――レジーナはそう決意した。

こんな卑怯者に、兄妹の絆すら捨てた男に、この勇気ある少女を殺させるわけにはいかない。

私はなりたい自分になる。

この少女を庇い、護り、立派に死にゆく人間になりたい――！

その思いがレジーナの中で灼熱を発した、その瞬間だった。

ドスッ――という、鈍い衝撃が真っ直ぐ背中から胸を貫いた。

下を見ると――血にまみれた剣の鋒が、自分の胸から突き出ていた。

ごぼっ……と、口から噴き出した鮮血がイロハの顔に降り注ぎ、せっかく拭った顔を再び汚してしまうのを――レジーナは確かに見た。

「レジーナ……！」

イロハの悲鳴が耳に聞こえたのが、最後の記憶だった。

それと同時に、視界が端の方から暗黒に沈んでいき……。

レジーナの意識が、途切れた。

魔法剣の鋒から、赤い血が滴っていた。

自身も相当久しぶりに使った【八蝕】は、覚えていたよりも魔力を消費するものだった。

手に握った魔法剣に魔力を集中させ、不可視の刃として放つという技の特性上、その連撃はそれを振るう両腕に相当の負担を強いることになる。

既に指の先は全てが裂け、振り抜くたびにじんじんとした痛みが脳天に突き上げるが、構ってなどいられなかった。

うああ！　という、半ばやけっぱちの声とともに両腕を振り抜くと、空を飛んでいた魔物が四体ほど斬り裂かれ、海に墜ちた。

「くそっ……！　まだだがやエロハ……！　まだ勝負がつがねぇのが……！」

オーリンは島の反対側でアルフレッドと激闘を繰り広げているだろうイロハを思った。テイム系のスキルは術者の意識が消失すれば効果は切れるはずで、自分の仕事は、イロハがアルフレッドを討ち取るまでこの魔物どもを足止めすることだった。

だが——いかんせん数が多すぎる。これではあと十分と保たずに魔力量が底を尽き、魔物どもがベニーランドを、ズンダー領を、陸空から蹂躙することになる。

「畜生……この数だば、もう十分と抑えられないぞ……！　これ以上は幾ら何でも……！」

絶体絶命、万事休す——不吉な妄想が頭を埋め尽くし、オーリンが奥歯を噛み締めた、その時だった。グオオ……という、聞き覚えのある咆哮が空を震わせ、魔物たちがほんの一瞬、動きを止めた。

はっ、とオーリンは空を仰いだ。

この咆哮、この羽音は……！　オーリンが背後の空を振り返った先に——それはいた。

ばさり、と、巨大な翼をはためかせ、遥か上空から真っ逆さまに降りてくるそれ——。

その巨大な影が一瞬、太陽を横切ったと思った刹那——猛烈な火炎が空を焼き尽くした。

それはまるで、天の怒りであった。

凄まじい輻射熱を放つ業火が青々とした空を橙色に染め上げ、空を覆い尽くした魔物たちを容赦なく屠ってゆく。

炎に巻かれた魔物たちが一瞬で炭の塊になり、ぼたぼたとハエのように海面に向かって落ちていく中を掻い潜りながら、「それ」はオーリンの頭上にやってきた。

「マサムネ――！」

オーリンは思わず、久方ぶりに出会った飛竜の名前を叫んだ。

巨体に制動をかけて虚空に留まり、潰れていない方の左目でオーリンを見たドラゴン――マサムネが、ぶるる……と鼻を鳴らした。

「どうやら間に合ったようだな、若き魔導師殿。そなたのベニーランドへの惜しみない献身、皆に代わって礼を言わせてもらうぞ」

例の如く、まるで古株の騎士のような口調でマサムネが言った。

マサムネは鎌首を持ち上げ、襲い来る魔物たちを睨み据えた。

「これはこれは……なんと騒がしきことか。吼えよ、翔けよ、人間どもに贖いの流血を……皆口々にそう喚いておる」

「ああ、みんなお前ど一緒だ。あの腐れモンに操られでんだよ」

オーリンの言葉に、マサムネが頷いた。

「よかろう。今こそ我が盟友……そこな島に眠りたる初代ズンダー王との盟約を果たす時ぞ。旧き友よ、喜べ。そなたが創り給うた御代は、きっとこの若き友とともに護り抜くぞ――！」

マサムネが大空に舞い上がった。

その姿に勇気づけられオーリンは、襲い来る魔物たちの群れに再び向き直った。

「まだまだ、俺だって——！」

負げでらんねぇ。

再びそう心に決めて、オーリンは魔物の群れに向かって魔法剣を振り抜いた。

「レジーナ……！」

耳をつんざく絶叫が砂浜に響き渡った。

くっ、と顔を歪めたアルフレッドは、イロハに覆いかぶさったままの娘の背中から鋒を引き抜いた。

途端に——一突きにした胸から派手に血が噴き出し、下敷きになったイロハの顔にどぼどぼと降り注いだ。

「愚かな……！　黙って見ておれば死なずに済んだものを——！」

苛立ちとともにそう吐き捨て、アルフレッドはその肩を掴み、無造作に傍らに放り投げた。もはや事切れているらしい娘の身体がモノ同然に転がり——砂浜に赤い帯を引いた。

ギャンギャンと吠えつく犬の声が不快だった。

強かに木刀で叩かれたせいか、それとも許容量を超えた憤りと怒りのせいか、さっきから目眩が止まらない。

娘を放り捨てた途端――平衡感覚が崩れ、強い目眩を覚えたアルフレッドは、うう、と呻いて左手で額の生え際を掻き毟った。

「くそ……！　くそおっ……！」

後は放心しているイロハに剣を突き立てるだけだというのに――激しく視界がぐらついていた。なんとか両足に力を込めて踏ん張ろうとするが、その度に重心が崩れ、頭がまるで振り子のように揺れてしまう。

直立しようとして果たせず、思わず砂浜に剣を突き立て、それに縋って荒い息をついた時だった。グオオオ……という空を震わす咆哮、そして次に空を染め上げた炎に、アルフレッドはぎょっと空を仰いだ。

その先にいたのは――一体のドラゴン。

ここから見ても相当に巨大なその影は――間違いない、ベニーランドを守護してきた聖竜、マサムネの姿だった。

何故、どうして。

アルフレッドは混乱した。

マサムネは一ヶ月も前、自分が【狂獣遣い(モンキー・マジック)】のスキルで支配下に置いていたはずだ。
そのマサムネが、どうしてこのマツシマの空にいる？
何故、自分が操っている魔物たちに襲いかかっている？
何もかもわけがわからなくなったアルフレッドの目に、マサムネの吐く業火が空を焼き尽くし、魔物たちが圧倒される光景が飛び込んできて——あ、あ……とアルフレッドは喘(あえ)いだ。

「や、やめろ……！　邪魔を……するな！」

アルフレッドは血に汚れた左手を大空に伸ばした。

「おのれマサムネ……！　そしてここにいる者たちも……！　何故だ、何故私の……私の邪魔をするッ！」

アルフレッドは空の彼方(かなた)を飛び回るマサムネに向かって絶叫した。

「私は正す！　世界を正し、裁いてみせる！　間違っているのは私ではない、世界だ！

それなのに何故護ろうとするのだ！　そうするなら、それだけの力があるなら、何故、何故私を庇い護ってはくれなんだのだ――！」

アルフレッドは腹の底から慟哭した。

目の中に流れ込んだ赤い血と滲んだ涙が混ざり合い、視界が真っ赤に染まる。

「喉が枯れるほど叫んだではないか！　助けてくれ、私を救ってくれと！　いつもいつも願っていた、待っていたのに――！　何故今になって私の邪魔をするのだ！　もう遅いぞ、この愚か者どもめ！　や、やめろ、やめてくれ！　私の夢を、私の願いを壊さないでくれ――！」

そうだ、何故今更なのだ。

何故、苦しかったあの時、誰も自分を護ってはくれなかったのだ。

誰一人、微笑みかけることさえしてくれなかったというのに。

自分の周りのもの全てが、なにひとつ与えてくれなかったというのに。

だから世界を必要な形に修正してやろうと決意したのに。

何故に今でなければならない？

何故、過去のその時であってはいけなかったのだ。

それなのに、自分が歪みきった後でそれを否定しようとしてくるなんて――酷すぎるではないか。

たった一度、たった一度でもいいから、誰かが何かを与えてくれたら、自分はこうはならなかったのに。

くっ、とアルフレッドは歯を食いしばり、背後を振り返った。

呆然と座り込んでいるイロハは、焦点の合わない目で虚空を見つめたまま、微動だにしない。

まだ終わっていない。

アルフレッドはイロハを見てそう考えた。

自分の世界にはまだこいつがいる――眩しく輝く星が。

燦々と周囲から愛情を受けて育ち、ひたむきに努力しそれに応えようとする眩しい星が。

輝くものが消えれば全ては闇――影である自分もそこに同化できる。

惨めさなど、もう感じることはない。

アルフレッドは砂浜に突き立てていた剣を引き抜いた。

「まだだ……私にはやることがある」

そう、やることが。

人間を裁く、自分の世界を裁く、そして正しき神の意志を貫徹する。

こいつさえ、こいつさえ消えれば――ベニーランドの、ズンダーの未来は消える。

腕の力を総動員して、剣を持ち上げた。

後はこれを振り下ろせば全てが終わる。

危うく揺れる鋒を死ぬ気で支えながら、アルフレッドはイロハを見下ろした。

「これで……最後だ」

アルフレッドは、いくつかの意味を含めてそう言った。

そのまま、イロハの脳天めがけて剣を――。

視界を――。

輝く綺羅星のような黄色が染め上げたのは、その時だった。

「な――!?」

一瞬、挙動が遅れた。

飛び退ろうとして果たせず、剣を握る左手首をがっちりと摑まれたことがわかるのに、更に数秒かかった。

小さな手が、自分の左手首を押さえ、力任せに締め上げている。

ギリギリ……と、常軌を逸した力が手首にかかったと思った途端、ボキン！　という、身の毛もよだつ衝撃が全身を駆け抜けた。

「ぎゃあああああああっ！」

衝撃は、一瞬の後には激痛に変わった。

手首を折られた、否、砕かれた痛みに視界がちかちかと明滅した途端、激しく明滅する視界に――ゆらり、と小さな身体が立ち上がったのが見えた。

「ひ……！」

アルフレッドは、生まれて初めて、心の底から恐怖の悲鳴を上げた。

突如、まるで猛獣のそれに豹変したイロハの目が――ぎろり、とアルフレッドを見る。

それだけで、まるで魂までも滅却されてしまいそうな威圧感が全身を突き通った。

「アルフレッド……」

じり、とイロハが一歩踏み出した。

それだけで、アルフレッドは威圧感に絶えきれず、数歩も後退した。

「アルフレッド……！」

再び、血まみれの悪鬼羅刹がアルフレッドを睨めつけた。

はっ、はっ……という自分の呼吸が、耳鳴りが止まらない耳にうるさい。

マツシマの高く青い空に――太陽をも圧する光が輝いたのは、その時だった。

◆

青空に輝いた星の光を、アルフレッドは呆然と見上げた。

太陽すら圧する光、あれは――と記憶を探り、見覚えのある光景を探す中で、アルフレッドは過去の記憶の一端を探り当てた。

それは自分があの神に出会ったあの日のこと――神の御業であるスキル、【狂獣遣い】が発現した時の光景だった。

一層輝いた星が、地へと落ちてきた。

その星はまるで吸い込まれるようにしてイロハの頭上に降りてきて――白い清純な光でイロハを包み込んだ。

「馬鹿な――！」

アルフレッドは呆然と呟いた。

スキルが覚醒したというのか、このタイミングでか？

それも覚醒の儀式を経ず、全くの自力でスキルを覚醒させることなど――アルフレッドは聞いたことがなかった。

「そなたは……魂までその穢らわしき神に売ったのか」

低く、まるで地の底から響いてくるようなイロハの問いに、アルフレッドは息を呑んだ。

「無抵抗の人間を手にかけてまで、そなたはその神のために事を成したいのか。そなたはそこまで堕ちたのか」

まるで神の断罪を受けているかのように、アルフレッドは一言も発することができなかった。

抗弁も釈明もできないまま、アルフレッドはよたよたと後退した。

イロハが、血まみれの顔を上げた。

「その穢れきった魂、もう赦すことはできん……！」

ぎゅっ、と、音を立ててイロハの拳が握られる。

あ――！　という自分の悲鳴が耳に届いた瞬間、イロハの姿がその場から消失した。

狼狽えるより先に、凄まじい衝撃が脇腹を突き抜けた。メリメリ……！　という身体を引き裂かんばかりの衝撃に、殴られた、と気づいたのは更に数秒後、派手に吹き飛ばされた後だった。

アルフレッドは砂にまみれながら砂浜を転がった。

なんとか手をついて立ち上がろうとした途端、全身の神経を磨り潰されたかのような激痛が這い上がってきて、アルフレッドは堪らず悶絶した。

何なのだ、この力は、この衝撃は。

やっとのことで拳をついて身体を起こしながらアルフレッドは考えた。

それはもはや人外の怪力――体格差が圧倒的である自分を十数メートルも殴り飛ばすことなど、どう考えても普通の人間の力ではない。一体何が起こっているか皆目わからないアルフレッドの視界に――ゆらり、とイロハが歩み寄ってきた。

「あ……！」

「どうした、アルフレッド？　こんなところで寝ている場合か」

まるで人が変わったかのように、冷酷で、残虐な声だった。

これが、あの非力で愛らしかったプリンセスの顔か。

戦慄に震えるアルフレッドを、イロハは異様な目で見下ろした。

「さっさと私を弑してみよ。貴様は既に人一人を殺しているのだ。さぁ、責任を持って立ち上がれ。私に立ち向かってみせよ。神とやらの業を完遂してみせよ」

「あ……う――！」

「なんだ……やれぬのか。ならばこちらから行くぞ――」

ゴォ――という、空を切る音とともに、視界に閃光が走った。

もはやどこが上でどこが下かもわからなくなりながら、更にアルフレッドは砂浜を転がり、波打ち際まで弾き飛ばされた。

冷たい海水にしとどに濡れながら、アルフレッドはこちらに近づいてくるイロハを見上げた。

血にまみれた両拳に、先程の星の光と同じ――白く、冷たい光が輝いているのを見て、アルフレッドは理解した。

おそらく、イロハに発現したのは身体強化系のスキル。

幼い頃から大公に相応しい力を求め、身体をすり減らして研鑽に励んだ一念が天に通じたのだろうか。

その力は、才能の有無では比べ物にならないほどの差があった自分を圧倒し、満足な抵抗も許さずボロ布の有様にするほどのもの――。これならば三百万になんなんとするズンダーの民を、たった一人で十分に庇い護っていけるだろうと思わせる力だった。

ぐい、と、胸ぐらを摑み上げられ、今度は乾いた砂の上に放り投げられた。

口の中に入り込んでくる砂粒の感触を不快に思いながらも――次第に、アルフレッドの心を奇妙な安堵が満たし始めていた。

「もはや抵抗する気力もないか。貴様の信ずる神に見放されたか？　これだけボロ雑巾になった貴様を、何故貴様の神は救わん？　理由を申してみよ」

つま先で頭を転がされて、アルフレッドは天を仰いだ。

暴君そのもの、悪鬼のように光る目が自身を見下ろすその先に——高い青空があった。


神よ——私が信じ、縋った神よ。

私はこの人に敵いません。

おそらく……犯した罪によって裁かれるでしょう。


でも——満足です。

彼女は今や立派にこの大地を背負ってゆける力を得たようです。

この圧倒的な力を得た彼女のような王がいれば、この地に裁きはもう必要ないでしょう。

私のような存在を二度と生み出さぬ世界を創ってゆけるでしょうから——。


胸ぐらを掴み上げ、ぐっ、と、イロハが拳を握り締めた。

この拳が振り下ろされれば、自分の頭など簡単に潰されるだろう。

ああ、これで終わる——もう苦しまなくてよいのだ、と理解した身体が、遂に生きることを諦めたようだった。

「おやりなさい、プリンセス」

血と砂でがさがさになった唇が、何故だか笑みの形になった。

イロハの鬼のような表情はそれでも揺らがない。

それを自分が最後に見たものにしようと決めて、アルフレッドは目を閉じた。

「さぁ、やりなさい。ズンダーのために。私が殺したあの娘のために――」

ぎゅっ、と、イロハが拳を握りしめる音が聞こえた。

目を閉じた闇の中、一瞬の間があり――。

耳を聾(ろう)する轟音(ごうおん)が、アルフレッドの身体を突き抜けた。

地殻を突き通り、世界の裏側まで達したのではないかと思わせる衝撃であった。

何秒そうしていただろう。

不意に――ぴちゃ、ぴちゃ……と頬(ほお)に何かが降ってくる感触があった。

目を開けた先にあるのは、罪人が堕とされるという地獄の光景。

覚悟して薄目を開けたアルフレッドの目に映ったもの、それは――。

砕けるほどに歯を食いしばり、憤怒に歪んだイロハの顔だった。

いっときは生きることを諦めたはずの身体に、不意に僅かばかり力が戻った。

目だけを動かして横を見て——イロハの振り下ろした拳が、自分の頭を砕くはずだった拳が、自分を避けて傍らに突き立っていることに、ようやく気がついた。

どうして——。

アルフレッドがイロハの顔に視線を戻すと、食いしばった歯の隙間から、ふーっ、ふーっ……という耳障りな呼吸音が聞こえた。

怒りと、憤りとを皮一枚で堪えているらしいイロハの顔を伝い、血混じりの涙が流れ落ちている。

「う……うぅ……！」

憤怒が収まりつつある声で、イロハは呻いた。

正しく暴君そのものだった表情が、ゆっくりと、元のイロハのものに戻ってゆく。

「う――！　うぅ……！」

ボロボロ、と、その目から大量の涙が溢れた。

どうしようもない悔しさに暮れているらしいイロハの目が、ぎゅっと強く瞑られた。

「うぅ……！　うわああああああああああああああああああん‼」

張り詰めていたものが切れた声で、イロハはアルフレッドの上で泣き喚き始めた。

空を見上げ、声の限りを張り上げて、腕を放り出して、イロハはまるで幼子のように泣いた。

その泣き声は潮騒に掻き消されることもなく、砂浜に、島中に、マツシマの美しき海に響き渡った。

何故正しく生きてはくれなかったのか――。

アルフレッドにはその慟哭の声が、そう自分を責めるものに聞こえた。

不意に——アルフレッドは理解した。

ああ、できないのではないのだ、この子は。

この子は臆病なのではない、優しい子なのだと。

どんなに怒りが目を眩ませようとも、どんなに恨みが深くとも。

この子は優しいから——徹底的に人を傷つけることを自分に赦さないのだ。

この子は——優しく、強い子なのだ。

それを理解した途端、忘れていた激痛がぶり返してきて、アルフレッドの意識が薄らいだ。

全身の神経が全て断裂してしまったような痛みの中、ふと——まるで長年抱えていた重荷を下ろしたような安堵感と解放感が湧いてきた。

その心地よさに抱き抱えられるようにして、アルフレッドは何を迷うこともなく、意識を手放すことにした。


己を呪い、世界を呪った青年。

ベニーランドを、ズンダーを、己が生きる世界の全てを破壊せんと企てた、この悲しい青年——アルフレッド・チェスナットフィールドは、そうして遂にマツシマの砂浜の上に沈黙した。

◆

狂騒が、不意に収まりつつあった。

今まで一心不乱にベニーランドのある方角を目指していた魔物たちから、急に殺気が消えたのがわかった。

ぜぇぜぇ……という自分の呼吸音をうるさく思いながら、オーリンは目を見開いて魔物たちを観察した。

いまだ断ち割れたままの海底にいた魔物たちが、まるで人間のようにきょろきょろと辺りを見回し、これは一体どういうことだとでもいうように立ち止まった。

次に、オーリンはマサムネが護る空を見上げた。

今までどれだけ攻撃を繰り出しても怯むこともなかった空の魔物たちの隊列が、急に乱れ始めた。高度を乱し、輪を描き、中にはその場に留まってギャアギャアと不快に鳴き喚くものさえいる。

今まで高度を取っていたマサムネが、魔物たちに向かって一声吠えた。

天地を揺るがす吠声を聞いただけで、魔物たちは明らかに怯えた。

空にいる魔物たちは一目散に頭を巡らしてマサムネから離れてゆき、やがて空の彼方に消えてゆく。地にいる魔物たちも、マサムネの気迫に恐れをなしたかの如く、我先にと元いた陸地へと戻ってゆく。

どうやら——魔物たちを操っていた術が切れたらしい。

それを理解したオーリンは、顔中をしとどに濡らす冷や汗を血みどろの手の甲で拭ってから——笑った。

エロハよ、お前は最早臆病者などでねぇ。歴代一の大公だじゃ——。

心の中でねぎらいの声をかけた途端、がくんと身体が重くなり、オーリンはその場に膝をつき、魔法剣を取り落とした。魔力はとっくに尽きて、生命活動の維持に使っている魔力までつぎ込んだ結果だった。

もはや口を開く気力まで萎えていた。

空を見上げ、少しでも多くの酸素を得ようと喘ぐように呼吸する視界を、マサムネの巨体が横切った。

ばさり、ばさり、という羽音とともに吹きつける風に、浮かんでいた汗が気持ちよく引いてゆく。

マサムネが、ぐい、と鎌首を曲げてオーリンを見下ろした。

種族の差はあっても、マサムネが笑っているのがわかった。

オーリンの健闘を称えるかのように、マサムネは確かに笑っていた。

はぁ、と大きく息を吐き出したオーリンは、やっとそこでマサムネに笑みを返すことができた。

◆

「レジーナ……レジーナっ！」

イロハは砂まみれの血まみれになって転がっているレジーナを抱え起こした。

その途端、中途半端に開いたレジーナの口から、ごぽりと音がして、大量の鮮血が滴った。

口から、胸から、明らかに致命的とわかる量の血が流れ、波打ち際で海水と混ざり合った。

胸を一突きにされたのだ。

もはや手の施しようなどないことは、イロハにだってわかっていた。

それでも、イロハはレジーナの血の気を失った顔を必死に撫でた。

刻一刻と温もりが失われていく身体に、それで少しでも温もりが戻れば——。

思えば絶望的な行為だったが、イロハにはそれ以外なすすべはなかった。

「レジーナ、死ぬでない！　返事をしてくれ！」

イロハは小さな身体で精一杯レジーナを揺さぶった。

「何故無関係のお前が死なねばならん！　私が、私が悪いのだ……！　そなたらを我々兄妹の因縁に付き合わせた。死ぬべきは私であってそなたではないはず、そうであろう！」

そう問うてみても、レジーナが言葉を返すことはない。

ただ、奇妙に穏やかな表情を浮かべた顔が、イロハの身体の震えに合わせて揺れるだけだ。

「レジーナ……！」

イロハの両腕から、力が抜けた。

どさり、と、白い砂浜にレジーナが仰向けで横たわる。

どうして――。

イロハは神に、自分を生み出した何者かに向かって慟哭した。

何故、この心優しき娘が死なねばならぬ。

この者は臆病者の私に、お前ならできると言ってくれた。

私を庇い、命をかけて私を護ってくれた。

死ぬべきは私だった。なのに何故この娘が身代わりになるのだ——！

イロハが空を仰ぎ、喉が引き裂けるほどの絶叫を張り上げた、その時だった。

ズズズ……という不穏な音——否、神経の表面を逆撫でされるような、不思議で不快な感覚をイロハは覚えた。

激しくしゃくりあげながらその不快感の出処を探った時——イロハの目が信じられないものを映し出した。

血が、白い砂浜に流れていたレジーナの鮮血が、逆流していた。

見間違いではなかった。

砂浜を汚し、海を血の色に染めていた血が、まるで映像を逆再生するかのように、ある一点を目指して戻り出した。

それだけではない。どくどくと傷口から滴っていた血の表面が急にぷくりと盛り上がり、見ている間にいくつもの瘤になる。その瘤は重力法則に逆らうようにして、その出処——レジーナの命を絶ち切った傷口に集まり出した。

イロハは一瞬、涙を忘れた。

なんだ、一体何なのだ、この光景は。

私は一体何を見ているのだ。何を見せられているのだ？

あまりの光景にイロハがその場にへたり込んだ、その瞬間――。

肌を震わせていた不快な感覚が一層強まり、レジーナの胸の傷口から何かが飛び出してきた。

「っ――!?」

思わず、イロハはその場に尻餅をついた。

ズルル……！　という音とともにレジーナの胸から飛び出し、まるで触手の如く伸びてゆくもの――。

これは――イバラの蔓か。

イロハは生まれて初めて、生理的な嫌悪感に吐き気を覚えた。

口に手をやり、はっ、はっ――！　と喘ぐ間にも、レジーナの身体から伸びた赤紫色のイバラの蔓はぐねぐねと蠢き、のたうって、見る間にレジーナの身体を包み込んでゆく。

不規則に並んだイバラはまるで生きているもののように地面を這い、蛇が如くにレジーナの身体にまとわりついていって——遂にレジーナの身体が見えなくなった。

だが、イロハが悲鳴を上げる前に、イバラの蔓が再び蠕動した。

先程の光景と同じ、まるで時間そのものが逆行するかのように、レジーナの身体を包み込んでいたイバラの蔓がレジーナの胸に吸い込まれてゆき——。

十秒ほどの後、やがて全てが幻だったかのように、すっかりレジーナの中に消えていった。

イロハの頭から、音を立てて血の気が引いた。

どくっ、どくっ……という心臓の音とともにこめかみが脈動し、気分が悪くなる。

なんだ、一体何なのだ、今のは。

イロハは今しがた自分が目撃したものが信じられなかった。

イバラが——まるで意思あるもののようにのたうつ蔓が、人間の傷口から生えて、消えた。

あまりの光景に絶句しているイロハの目の前で——やがて、ぱちり、とレジーナの目が開いた。

「……ぉが？」

間抜けな一言とともに、レジーナが目だけで辺りを窺った。

やがて、窺っても状況が呑み込めなかったらしく――レジーナはむっくりと上体を起こした。

起こしてから、ふあぁ、とレジーナは凄まじく巨大なあくびをひとつかまし、ボリボリと頭を掻き毟った。

「ああ……んええ、ぺっぺっ……！　やだ、砂噛んじゃった。気持ち悪い……！」

レジーナは大袈裟なほど顔をしかめて、何度か砂粒を吐く動作を繰り返した。

やがて、とりあえず人心地がついたらしいレジーナは、そこで初めてイロハを見つめた。

「あっイロハ！　あなた大丈夫⁉　あの優男はどこ行ったの⁉」

レジーナは放心しているイロハの肩を掴んでまくし立てた。

「絶対に負けちゃダメだからね！　あんないい歳こいてカミだの毛だのってしつこく連呼する男にロクなやつがいたためしがないんだから！」

先程まで確実に死んでいた人間とは思えない圧で、レジーナはイロハに切々と説いた。

「あなたももう少し大人になればわかるでしょうけどね、本当に頼れる男ってのはオーリン先輩みたいな口下手だけどやることはちゃんとやる男なの、ね！　いい⁉　女のプライドをかけてあの優男を否定しなきゃダメよ！　ああいうのはほっとくと次もまたなんかとんでもないことやらかすんだから！　いっぺん立ち上がれないぐらいボコボコにするのが愛なの、わかる⁉」

ねぇ！　とレジーナはイロハの顔を見つめた。

それでも反応がないことを不審に思ったのか、レジーナはイロハの顔を覗き込んだ。

「イロハ……？」

とりあえず、イロハは震える右手で傍らを指差した。

えっ？　と不思議そうにレジーナが見た方向に……文字通り、立ち上がれないぐらいにボコボコにされ、ボロ雑巾のような有様のアルフレッドが転がっている。

あれ？　とレジーナが声を上げると、いつの間に意識を取り戻したのか、アルフレッドが首だけを起こしてレジーナを見つめていた。

その目にはいつぞや見た時のような異様な光が戻り、震える声でアルフレッドは「見つけた……」と呻いた。

「見つけた、見つけたぞ……！　お、お、お前が……！」

アルフレッドの表情が一瞬、怒り、悲しみ、無表情……とそれぞれバラバラの表情を紡ぎ出し——最終的に、どこかが壊れたかのような笑みになった。

「やはり我らが神は私を見捨てなかった……！　だからお前を私のすぐ側にお遣わしくださったのだ！　人間は遂に死さえも超越する、それがお前だ！」

あは、あははは……とアルフレッドは狂人そのものの声で笑った。

それを見たレジーナが、すっ、と立ち上がり、喚き続けるアルフレッドに向かって歩き出した。

「お前、我らと一緒に来い！　お前が、お前こそが我らの希望、殉教者たちの救いそのものなのだ！　お前が拒否しても我々はお前のことを決して諦めんぞ！　まったく、お前が今の今まで誰にも見出されずにいたとは……！　この世界の人間はよくよく無能だな！　そのせいで我々は……！」

レジーナが、思い切り足を振り上げた。

つま先を固定し、踵を立てて——そのままアルフレッドの後頭部に鋭く振り下ろした。

ゴッッ！　という、人間の意識を断ち切る重い音がした。

ぶぇ！　と、アルフレッドが砂浜に顔を埋め、再び沈黙する。

それを見下ろした——否、見下してから、レジーナは顔を引き攣らせて吐き捨てた。

「カミカミうるさいのよ。いい歳ブッこいて……」

吐き捨ててから、レジーナは心底軽蔑したというように短く付け足した。

「ヤギじゃないんだから」

◆

「先輩！　オーリン先輩！」

ボロボロのイロハに肩を貸しながらレジーナが駆け寄ると、砂浜に大の字になっていたオーリンの頭が動いた。

一瞬、死んでしまったのではないかと心配になったが、その表情は笑っていた。

よかった、無事だったんだ――レジーナが心から安堵（あんど）した瞬間、オーリンが口を開いた。

「おお、レジーナ、イロハも無事だな。俺も無事だ、基本的には、な。心配いらないぞ」

ぎょっ――!? と、レジーナとイロハは顔を見合わせた。

レジーナとイロハ――？　今の言葉は――誰が口にしたものだろうか。

顔を見合わせている二人の前で、オーリンが苦笑を浮かべた。

「あー、まだまだだな、俺もなぁ。魔力を使いすぎて立ち上がれないなんて……。オイオイ、恥ずかしいからあんまり見るなって。いや情けねぇなぁ、これぐらいの戦闘で立ち上がれないぐらい疲れちまうなんてな……」

「せ、先輩――!?」

「何だ？」

「何だ、って先輩――気づいてないんですか……!?」

「気づいてないって何が？」

「言葉ですよ言葉！　な、何だか変、逆に物凄（ものすご）い違和感あるんですけど……！」

「何言ってんだよレジーナ、俺はいつもこんな感じだよ。だからお前に【通訳】してもらわないと誰とも話が通じないんだ。そうだろ？」

「ま、まさか、自分ではわからなんだのか……？」

イロハが首を傾げ、レジーナを見た。オーリンの言葉はどう聞いても綺麗な標準語になっている。おかしいよね？　ああおかしいな、と言うように視線で会話していると、オーリンが再び口を開いた。

「あー、もう当分はマツシマに来たくねぇ。外から見てるとあんなに綺麗な島なのに、こんなに危険な魔獣がいるなんてなぁ。ったく、外から見りゃ天国なのに、一歩上陸すれば地獄だぜホント」

「い、いやあああああ！　先輩が『だぜ』とか言ってる！　気持ち悪い！　先輩が普通に標準語喋るとただの無個性なイケメンになっちゃう！　先輩！　戻って！　何言ってんのかわかんない純朴な田舎のイモ青年に戻ってください！」

「お、落ち着けレジーナ！　心配するところが違うであろうが……！」

「なぁにを騒いでんだよレジーナ。……おっ、なんとか魔力も戻ってきはじめたっぽいな。腕コ上がるようになった来たでぁ」

あれ、もしかしてちょっとずつ戻っていってる……？　レジーナとイロハは再び顔を見合わせた。

まさかこの男、魔力を使いすぎるとその猛烈な訛りが取れて標準語になってしまうというのか。まさかそんな馬鹿な、とその発想を己で笑いかけて——レジーナはどうしても笑うことができない自分に気がついていた。

そもそも、オーリンが絶技であるはずの無詠唱魔法を平然と操っている時点で既に無茶苦茶なことなのであるが、その無詠唱魔法にはこの猛烈な訛りが関係しているとでもいうのか。

いや——その可能性が全くないとも言えないかもしれない。確かに世界には言葉自体に魔力が籠もっている魔法言語もあると聞くし、そもそも魔法とは言語の組み合わせで発動する超自然的な力なのだ。魔法の成立や発動には言語が関係していないと考える方がどちらかと言えばおかしいのかもしれない。

オーリンとは、無詠唱魔法とは、アオモリとは一体——？　レジーナが今更ながらにその不可解さにぞっとした時、オーリンがイロハを見た。

「そういえばイロハ、お前があの護衛を倒してくれたんだよな？」

「え？　あ、ああ……」

「途中までは見てたぞ。よくやった。お前がベニーランドを護ったんだ。お前はきっと立派な大公になれる。俺が保証するべさ」

その言葉に……イロハは何だか困ったように俯いた。

あれ？　とレジーナが不思議議に思うと、イロハがもじもじしながら言った。

「そう、なのだろうか……」

「なんだよ？」

「私は……なってもよいのだろうか、その、大公に」

「はぁ？」

イロハは自分の両掌を見つめた。

「結局、そなたたちがいなければ今頃ベニーランドはどうなっていたかわからん。私一人ではとても事を収められなかった。それに結局、さっきああいうことが起こってしまった原因は――私にあるようなものなのだ」

そこでイロハは言葉に詰まった。

「やはり、私は誰かに大公位を禅譲すべきではないのだろうか。私のような愚物が大公などになったら、今後も領民に迷惑をかけ続けてしまうのでは……」

こう見えて――イロハは意外にも心配性らしい。こういう時は思いっきり喜べばいいのに、おそらくそういうことすら自分に禁じてきたのだろう。

レジーナが何か声をかけてやろうとする前に、オーリンが半笑いの声を発した。

「イロハ、こっち来い」

「え？」

「いいから、俺の側に座れ」

「イロハ、先輩の側に」

レジーナが通訳してやると、おずおずとイロハがオーリンの側にしゃがみ込んだ。

どれ、と大義そうに持ち上げられたオーリンの右手が、イロハの頭を撫でた。

「うえっ——!?」

「なにも心配することはねぇ。俺が保証してけるはんで……安心して大公になれ、な？」

よくやった、よくやった、よくやったよお前は。お前は世界一のお姫さんになれんど。

よくやった、よくやった……とオーリンは繰り返し、まるで刷り込むかのようにイロハの頭を撫でた。なんだか、随分気持ちよさそうな表情で撫でられているうちに……はっ、とイロハの表情が変化し、その顔がポポッと桜色に変わった。

「あ、ぶっ、ぶ、無礼者……！」

イロハは弾かれたように立ち上がり、ふらふらと十歩ほど歩くと、こちらに背を向けてしゃがみ込み、何かブツブツと唱え始めた。何かを察したらしいワサオがワン！　と吠え、しゃがみ込んでいるイロハの周りを尾を振ってぐるぐる回り始める。

褒められ慣れていないのが丸わかりの反応に、レジーナもオーリンも苦笑してしまった。

「さて、馬鹿話は終わりにすが、レズーナ、エロハ」

オーリンの声に、二人の視線がオーリンに集中した。

「問題は、あの護衛の処遇だ。どする気なんだば、エロハ」

　イロハの顔色が曇った。「それは……」と俯いたイロハに、オーリンは静かに続けた。

「こすたごどやらがしてまったんだ。もうごめんじゃ済まねぇど。何がすらは責任を背負わさねばねぇ。それが命令でぎんのはお前だげだ。わがるな？」

　イロハはしばらく無言になってから、顔を上げた。

「とりあえず――今は詳しいことはわからん。わかっているのはアルフレッドから話を聞く必要があるということだけだ」

　迷いない口調でイロハは言った。

「アルフレッドが何故こんなことをしでかしたのか。そして誰の命令を受けて、誰の差し金があったのか、それはなんとしても明らかにせねばならん。やつは自分を殉教者であると言っていた。裏で何かしら危険な組織と繋がっている、もしくは思想に染まっていると考えるべきだ。事実関係を調査した後……アルフレッドの処分を改めて考える」

　決然と言い切ったイロハに、オーリンも「それでいい」と頷いた。

「どれ、それだばそうするが。……レズーナ、ちょっと肩貸してくれ」

「はっ、はい！」

　よろよろと立ち上がろうとするオーリンにレジーナが肩を貸そうとすると、イロハが「あ、よい」と一言言い、レジーナを手で制した。

「オーリンは私が連れていこう。レジーナは手伝わなくてよいぞ」

「え――？」

「どうにも――さっき戦っていた時に何らかのスキルを得たらしくてな。その証拠に――ほら」

瞬間、イロハはオーリンの身体（からだ）の下に両手を突っ込み、身長が二倍もありそうなオーリンを軽々と持ち上げた。ぎょっと目を見張るレジーナの前で、所謂（いわゆる）お姫様抱っこをされたオーリンの顔が急激に赤くなった。

「え、エロハ――!?」

「ほほう、これはなかなかに悪くないな。赤面したそなたの顔がよく見えるわ」

イロハが真っ赤になったオーリンの顔を覗（のぞ）き込み、フフン、と楽しげに鼻を鳴らした。

「これはこれは、随分とまた大きな赤子であるな。今まで散々子供扱いしてくれたことへの礼だ。今度は私がそなたを子供扱いしてくれよう」

「わいはー！　なんぼまだ恥（めぐせ）ずかしいでぁ！　こんな小さな子供（ちゃっこいわらす）さお姫様抱っこされるなんど……！　わいレズーナ、笑うな！　笑うなって！」

「ほらほら、あまり暴れるでない。顔でなくちゃんと私の首に手を回すがよい。そうでなければずり落ちてしまうぞ？」

小憎たらしい笑みを浮かべ、イロハはそのまま意気揚々とした歩みで来た道を戻り始めた。

一歩一歩、砂浜に足を取られないように慎重に歩くと、ふと風が吹いて、オーリンの匂いがレジーナの鼻に届いた。

「やれやれ、まるで爺様（ずさま）だなえ。たかが魔物の百や二百相手にしただけでこったザマなんてな……」

ぽつりと呟（つぶや）かれたオーリンの言葉に、いいえ、とレジーナは心の中で反論した。

先輩は凄い、凄いです。

誰がなんと言おうと、一番凄いのは先輩ですよ。

マツシマの魔物たちをたった一人で食い止めるなんて、他に誰ができます？

ボロボロになって、神経すり減らして、ちゃんとみんなを護ったじゃないですか――。

そんなことを言いたくもなったけれど――どうしてもその言葉は口にできなかった。

そう、これは恋愛のストーリーではない、冒険のストーリーだから。

それに、今更言葉を交わさなくたって、尊敬の念はきっと伝わっている、そんな確信があった。

なんてったって、私たちは相棒なんだから。

なんだか無性に気恥ずかしくなって、どうしても表情がにやけてしまう。

凄い、自分はなんて凄い人と一緒にいるのだろう……その事実が嬉（うれ）しかった。

しばらく、無言で砂浜を歩いて――先頭を行くイロハが、はた、と足を止めた。

ん？　と顔を上げた先に――見覚えのある剣が砂浜に突き立っていた。

「アルフレッド――？」

イロハが、きょろきょろと辺りを見回した。

逃げた？　いや――あのズタボロの有様でそんな遠くへ逃げられるわけがない。どこへ行った？　とレジーナも辺りを見回した先に――アルフレッドがいた。

「イロハ、海を見て！」

レジーナが声を上げると、イロハとオーリンがはっと海を見た。

断ち割れた海の底、海底に通された一筋の道を――とぼとぼとアルフレッドが歩いていた。

◆

「アルフレッド！」

イロハがその背中に大声を浴びせると、アルフレッドが振り返った。

砂浜に立ったイロハの姿を見つめたアルフレッドが――疲れたように笑った。

「ああ……お仲間も無事なようですね。よかったではないですか、プリンセス」

なんだか、随分他人事（ひとごと）のような口調だった。なんと声をかけようか迷っているようなイロハを見て、アルフレッドは俯きがちに言った。

「私の望みは破れた。もう私には世界を破壊することなどできない。見なさい」

アルフレッドが、断ち割れた海の壁を顎でしゃくった。

滔々（とうとう）と水を湛（たた）えた海の壁が――みしり、みしり……と不気味な音を立てて軋（きし）み、その表面に徐々に亀裂が走り始めていた。

「非力な私は神を失望させてしまいました。この奇跡ももう長くは続かない。ベニーランドは救われることになるでしょう」

「アルフレッド……！」

「やれやれ、全く障害だと考えていなかったあなたに事を邪魔されるとは……私の目が曇っていたのでしょう。もちろん、我らが神はそのこともお見通しだったのでしょうが――」

「アルフレッド、やめろ！　神、神と口にするな！」

イロハが叱るように大声を発した。

「そなたは殉教者になりたかったのか！　神の使徒になりたかったのか！　違うであろう！　アルフレッド・チェスナットフィールドというたった一人の人間になりたかったのではないのか！　自分は穢（けが）れた存在ではない、愛されぬ存在でもないと、そう世界に述べ伝えたかったのではないのか！」

アルフレッドが、のろのろとイロハに向き直った。

「もう神に縋（すが）るのはやめよ！　神はそなたを救わなかった！　そんな神に縋って何になる！　戻ってこい、その罪を償う道、神ではなくこの私がきっと用意してやるッ！」

威厳あるイロハの声に、アルフレッドは少し意外だというように目を見開いた。そのまま、イロハの顔を見つめたアルフレッドは……やがて、がくん、と俯いた。

あは、あははは……と、再びどこかが壊れたような笑い声を発した。

ちっ、とオーリンが舌打ちをする音がレジーナの耳にも届く。


「償い、償いだと？　私のやったことが――罪だと？」


上げられたアルフレッドの顔は――完全に壊れていた。

怒り、悲しみ、愉悦、絶望――全てが一緒くたになったような異様な笑みに、レジーナは恐怖で顔を引(ひ)き攣(つ)らせた。

「私は罪など犯してはいない！　私は穢れしものを裁こうとしたのだ！　まだわからないのか、この愚か者どもめ……！」

「アルフレッド……ダメだ、戻ってこい！　そっちに行くな！」

「私は殉教者、真の教えに殉じる者だ！　この高潔な使命が誤った道を歩むあなたのような愛された者たちにわかってたまるか！　私は成すべきことを為(な)し終えて死ぬのだ！」

アルフレッドの異様な目が微妙に動き――レジーナを見た。

思わずぞっとする何かを湛えた視線で粘っこく見つめられ、レジーナの足が竦(すく)んだ。

「そこの娘——レジーナ・マイルズ。私を本当に救ってくれるのは、どうやらあなたらしい」

　は？　とオーリンがレジーナを見た。

　イロハが、はっとしたような表情でレジーナを振り返った。

「あなたのこれからの時間は決して穏やかなものではなくなる。我々はきっとあなたを迎えに行く。絶対に逃しませんよ、絶対にだ……！　残された偽りの時間、せいぜい楽しむといいでしょう。きっと、覚えておくがいい」

　言いたいことは言った、というように、アルフレッドは再びよろよろと道を歩き始める。

　みしり、みしり……！　と海の壁に亀裂が走り、まるで水槽がそうなるかの如く、そこから水が溢れ始める。

「レズーナ、エロハを押さえれッ！」

　瞬間——オーリンが鋭く叫んだ。

　はっとイロハに組み付くと、イロハが信じられない力でレジーナを引きずり始めた。どう考えても十四歳のそれではない剛力に撥ね飛ばされそうになるレジーナを見かねて、オーリンもその身体にしがみついた。

「イロハ——！　ダメよ、行っちゃダメ……！」

「アルフレッド、ダメだ、戻ってこいッ!!　何故だ、何故わからないのだ——！」

「まいねってエロハ……！　あいづはもうダメだ、諦めるすかねぇ！　やめろでぁ！」

「諦められるか！　あやつは、アルフレッドは私の兄なのだ！　たった独りの兄妹なのだ！　兄を見捨てる妹がこの世のどこにいるというのだ！」

兄――というイロハの声に、アルフレッドがはたと足を止めた。

その反応にイロハの剛力がぴたりと止まったと思った刹那、アルフレッドが振り返らないままに言った。

「その剣はあなたに差し上げます。母の形見でした。あんな母のものでも――それだけはこの世から失くしたくないですから」

なんだか――ぼんやりとした口調だった。

すっ、とアルフレッドは空を見上げ、はーぁ、と長く長くため息をついた。

「私の望みはね、ずっとずっと、世界を壊すことでした。父に捨てられ、母に恨まれ、屋敷でも宮殿でも腫れ物扱いされて。こんな世界はなくなってしまえばいいと、ずっと思っていた。物心ついた時から――そうだったのかな、多分」

アルフレッドの独白は、まるで雨が降ってきたことを報告するような口調だった。

なんだか、狂気も殺気も感じられない、腑抜けたような声でアルフレッドは続けた。

「でもね、もうひとつ望みがありました。それは思いっきり本心を口にしてみることでした。苦しいよ、辛いよ、助けてくれ、誰でもいいから――一度でもいい、そう叫んで泣き喚いてみたかった」

その言葉は——傷つき、痛みに狂わされた人間の言葉だった。

あまりにも感情の籠もらないアルフレッドの独白に、レジーナはもはや繕うことなどできはしなかったその傷の深さを思った。

「でも……その望みは叶いました。さっき、心の底から大声で叫べた」

アルフレッドが見上げた空を——ばさり、ばさりと羽音を立てて、マサムネが横切ってゆく。その巨体を眩しいもののように見上げてから、アルフレッドはぽつりと言った。

「それに——最初で最後の兄妹喧嘩もできた」

ふふっ、と、アルフレッドは自分の無様を嗤うかのように、笑い声を漏らした。

「まぁ、私が一方的にぶちのめされただけでしたけれど……悪くはなかった。妹も立派に成長していたんだなとわかって、少し嬉しかった——」

あまりに悲愴な覚悟を固めたと思われる言葉に、レジーナもオーリンも息を呑んだ。

ひっぐ、ひっぐ……！　と、レジーナとオーリンにしがみつかれたままのイロハが嗚咽し始める。

「プリンセス……いや、イロハ。あなたは、あなたはきっと──」

アルフレッドがその言葉とともに、振り返ろうとした、その瞬間だった。

バリン──と、誤った世界を支えていた何かが壊れる音がした。

瞬間、海が全てを呑み込んだ。

水飛沫(みずしぶき)を上げ、轟音(ごうおん)と暴風を立てながら。

荒れ狂い、逆巻き、そこにあるものを根こそぎ掻(か)き消(け)すようにして──。

マツシマの美しき海は、凄(すさ)まじい力であるべき平穏を取り戻していった。

イロハの絶叫が、耳をつんざいた。

喉が、胸が、張り裂けてしまうのではないかと思うほど、その悲鳴は長く、強く、唸(うな)りを上げる海にも負けずにマツシマを震わせた。

オーリンもレジーナも、必死になってイロハにしがみつき、支え続けた。

この小さな身体が悲しみにバラバラになってしまわないよう、強く──。

一体、どれだけそうしていただろう。

不意に、水平線の向こうにいくつもの影が見えて、レジーナは顔を上げた。

いくつもの旗――。

九つの円を描いた旗に、陽（ひ）に向かいし荒鷲（あらわし）の紋章を抱いた大型船の船団が、荒波を乗り越えてこちらにやってきていた。

ベニーランドで異変を察知したのか、あるいはマサムネが呼び寄せたのか。

自分たちの迎えなのであろう大船団を、レジーナは無言で見つめた。

「エロハ、迎えが来たど。帰（け）るべしよ」

オーリンが、優しい声でそれだけ言った。

不意に――マツシマの海を風が吹き抜けた。

今しがたここで起こったことの一切を吹き消すように吹き渡った風が――美しき海に漣（さざなみ）を立てるのを、レジーナはいつまでも見つめていた。

第四話　「ドサ?」「ユサ」（「これからどちらに行かれるんですか?」「えぇちょっと温泉に浸かりに行くんですよ」）

「【怪腕(マークン)】——とな?」

「左様にございます、プリンセス。身体強化系スキルである【拳闘士】の、更に上位のスキルですな。間違いありません」

急に宮殿へ呼び出されたにもかかわらず、さすがの威厳というものか、神官は落ち着いた口調で首肯した。

【怪腕(マークン)】——あのマッシマの砂浜で、イロハに発現したというスキルは、この小柄な少女には似つかわしくない、厳(いか)ついとも思えるスキルなのだった。

マッシマから帰還した後、どうやらスキルが自動的に発現したらしいと言われた時、驚いたのはレジーナとオーリンだけではなかった。事のあらましを聞いた宮殿はすぐに最寄りの教会へ人を走らせ、神官を呼びつけてその確認を急いだ。通常、この国では十五歳になると教会に赴き、創造神から授かったスキルを覚醒させて確認するのが大人への通過儀礼となっている。レジーナは【通訳】、オーリンには【魔導師】のスキルがあったように、イロハには身体強化系——つまり全身の筋力を強化するスキルが発動したらしい。

「【怪腕(マークン)】は【拳闘士】スキルの飛躍的な身体能力の向上に加え、更にその名の通り、尋常ならざる怪力を発揮することができるスキルです。歴史上このスキルを持っていた方には、武芸でその名を残した方が多い。剣士、格闘家、武道家、投手……そんなところですな。いやしかし、女性に発現することは珍しい。プリンセスはよほど力への探求心が強かったのですかな？」

ホッホッホ、と神官は半分冗談だというような口調で笑ったが、実際——その通りなのだろう。イロハは幼い頃からズンダー大公として必要な力を得るために、身を削って研鑽(けんさん)に励んでいたのだ。このスキルはそんなイロハを見かねて天が与えた才能——その名の通りの「力」、ということなのかもしれない。

イロハはスキル確認のための石版に右手を乗せたまま、不安そうに神官を見た。

「しかし——私の場合は覚醒の儀式をまだ経ていない。勝手にスキルが発動することなど有り得るのか？」

「例が多いとは言えませんが、有り得ないことではありませんな」

神官は白い髭(ひげ)をしごきながら言った。

「スキルとは要するに神が我々に与えてくださった人間の特性——生まれつき備わっておりますでな。我々は秘蹟(ひせき)をもってそれを呼び起こしているだけに過ぎません。元々持っていた特性があることをきっかけに発現することは十分に有り得ます」

「スキルがひとりでに覚醒する条件ってば何だのや？」

「神官様、覚醒の儀式を経ないでスキルがひとりでに覚醒する条件は？」

「そうですなぁ、強いストレス、興奮、怒り、悲しみ……そんなものが引き金ですな。火事場の馬鹿力、そういう言葉があるでしょう。スキルが自発的に現れる時はそのような状況下であることが多いようですな」

「そうか……」

それでか、というようにイロハは何度か頷いた。

実の兄との真剣勝負、それに対する憤りや怒りがイロハの中に眠っていた才能を呼び起こしたのかもしれない。何だかそれが気の毒な話にも思えて、レジーナはイロハの肩を擦ってやった。

「まぁ、こいだけ石版ぶっ潰せば、誰でもそっちのスキルだってばわがったけどな……」

オーリンが机の上に山と積み上げられた、割れ砕けた石版を見て言った。

この石版はスキル確認に使われる魔力が込められた石版なのであるが――イロハが手を乗せる度に、まるで薄氷のようにパリンパリンと割れてしまっていた。

予備の石版を取りに行かせるため、使いの者を教会と宮殿の往復に走らせることになり、そのせいでスキルを確認するのにゆうに半日もかかってしまったのである。

イロハは恐縮したように自分の右手首を擦った。

「す、すまぬ……なんだか急に力の加減がわからなくなってしまってな……。これでもただ手を乗せているだけのつもりなのだが」

「いえいえ、気にすることはございませんよプリンセス。身体強化系のスキルを授かった方は最初は誰でもそうです。そのために何枚もこの石版の予備があるのですから」

神官は上品に笑った。

「最後に——神官として申し上げることがひとつございます。スキルはまさに天与のもの、神が我々人間に降ろしてくださった圧倒的な恩寵のひとつです。ですが、その力を正しく使うには健やかな人間の意志が不可欠。人を傷つけること、世界を滅ぼすことすら容易くできてしまうスキルさえ、世の中にはある」

神官はまるで祈禱文を諳んじるように一息に言って、真っ白な眉毛の下の目を細めた。

「正しき道を正しくお進みなされ、プリンセス。全ては人間の意志次第なのですからな。その力を世のため人のために使うか、それとも非道なる行いに用いるか、それを決めることができるのは、それを持った人間だけなのですから」

昨日マツシマで起こったことをこの神官が知っていたはずはないが、なんだかその言葉は全てを見透かしているように思えた。己のスキルを悪用し、世界を滅ぼそうとした悲しい男の顔を思い出したのか、イロハは唇を嚙んで何度も頷いた。

その様を見ていて、潮時だと思ったのだろう。昨日起こったことを全て知っている数少ない人物である口ひげの男が、ぱん、と手を叩いた。

「スキルの確認はもう十分、プリンセスもお疲れでしょう。まずはごゆるりとお休みくださいませ」

そう促されて、イロハは頷いて立ち上がった。

何人かに付き添われて部屋を出ていく直前、イロハはふと立ち止まり、迷ったようにレジーナを見た。

「レジーナ。その、な」

「え？」

「そなた……身体は無事であるのか」

「はい？　それはどういう……？」

まさか、と、やはり、の両方を滲ませたような表情で、イロハは慎重に次の言葉を探しているようだった。

「そなた、そなたは……あの砂浜で起こったことを覚えておらなんだのか」

「覚えていないのか、って……そりゃ全部は覚えてないかもしれないですけど、身体は至って快調ですよ。風邪とかも引いてませんけど」

「そうか……まぁよい。無事ならよいのだ」

なんだかよくわからない会話が交わされ、イロハはそのまま沈黙してしまった。

しばらく口を閉じた後、イロハは気持ちを切り替えたような顔で言った。

「しばらく、私も休息がほしい。色々と整理のつかぬこともあるのだ。そなたたちにはすっかり迷惑をかけてしまったな。今後の見通しが立つまでの数日間、ゆっくりと休養するがよい。必要なものはなんでも言ってくれ」

それだけ言って、イロハは部屋を出ていった。

それを見送った口ひげの男がオーリンとレジーナを見て、安堵したように眉尻を下げた。

「お二方にはなんとお礼を申し上げたらよいのか……プリンセスをありがとうございます。執政も将軍閣下もこれ以上なくお喜びです。数日前の慇懃無礼な態度とは違い、口ひげの男は真面目な表情で二人に最敬礼をした。篤く礼を伝えてくれと仰せですよ」

「正直に申し上げまして……またプリンセスのお顔を見れたのが信じられません。あのマツシマから生きて帰っただけでなく、トーメ伯があのようなことをしでかしたというのに。お二方がいなかったらばベニーランドは、ズンダーはどうなっていたことやら……」

「あ、いいえ、私たちは何も。全てはイロハ……じゃなかった、プリンセスの頑張りの結果ですよ」

「イロハ、でいいと思いますよ。あの方があれだけ他人に心を許されるのは珍しいですから」

口ひげの男は苦笑気味に頷いた。

「プリンセスは孤独なお方でした。父君にも母君にも先立たれ、気を許されるのは……いえ、それはもういい。あの方があんな重荷を下ろしたような顔になったのはいつぶりのことでしょうな──」

まるで親戚の子の成長を喜ぶような言葉に、オーリンがレジーナを見て、少し笑った。どうやら今後、大公となったイロハが宮殿内で孤独を感じることはなさそうだ。

ふう、と口ひげの男は嘆息し、それから気を取り直すかのように眉を上げた。

「さて、ズンダーの大恩人であるお二方には、これよりマツシマでの疲れを存分に癒やしていただきましょう。古より『杜の都』と称されしベニーランドの魅力を骨の髄までお楽しみくださいませ」

◆

「こ、これがズンダーの離宮……！」

永遠に続くかと思われた山道、地元ではアキウ山地と呼ばれている山間部を馬車で抜けた先にあったのは、まさに別世界──。

ズンダー大公家の静養地であるというズイホーデン離宮は、白亜に輝く宮殿とは違い、漆黒を貴重とした静かな佇まいをしていたものの、その内装の豪華さは宮殿に匹敵、いや、それを凌いですらいたかもしれない。何しろ、壁の装飾である金具には全て金箔が貼られ、エントランスの門にあしらわれている《クヨーの紋》はどうやら純金でできているらしい無茶苦茶さだ。

くるぶしまで沈んでしまいそうな分厚いカーペットをおっかなびっくり歩いた先には、実に涼し気に水を吐き出す噴水や滝が、そしてその下の池をスイスイと泳ぐ色とりどりの魚の姿があった。屋内に噴水や滝があるだけでもだいぶ驚きだが、まさか池まであって、そこに魚が泳いでいるなんて。んほぉー！　と目を輝かせて、レジーナは池の上にかけられた通路の上から池を覗き込んだ。

「おいレズーナ、あんま騒ぐんでねぇよ。俺まで恥ずかしいびの」

「だって凄いじゃないですか！　建物の中に池があって魚が泳いでるんですよ！　それにこの魚一匹だけでも一週間分の生活費にはなりますって！　ここにいるのがひぃふぅみぃ、えーっと、十二匹いるから、十二かける五万ダラコで……」

「お前はそすたなどご喜んでんだが……。欲張りっつうのがなんて言うのが」

「うむうむ、レジーナの驚きとはしゃぎぶりは当然である！　オーリンよ、そなたこそもっと驚いてはしゃいでもよいのだぞ！」

イロハは腕を組みながら満足そうに胸を反らした。最初は傷だらけの掌を隠すために始めた仕草なのだろうが、いつの間にかすっかり癖になっているらしい。そのせいでこの愛らしい顔が随分偉そうで小憎たらしく見えるのが、またいい。

「何しろこのズイホーデン離宮に招かれることができるのは、この大陸では王家を除けばかなりの高位貴族や上級の政治家に限られる！　そなたたちのような身分も地位も財産もないみすぼらしい冒険者がここのカーペットを踏めただけで孫子(まごこ)の代まで語り草にすべき名誉なのだぞ！」

「言うこと(しゃべてるごど)が随分悪(あ)し様(ざま)だね……まぁいいさ、名誉だごどには変わりねぇべし」

「わかっているならよい。ところでそなたら、湯浴(ゆあ)みは好きか？」

まだ何か隠し種があるぞ、と言いたげな表情でイロハが聞いた。

え？　とレジーナが振り返るより先に、オーリンの目の色が変わった。

「え……なに、温泉(ゆッコ)あんだが？」

「もちろん。我がズンダー家の財力に不可能はない。そうでなければこんな山奥に静養地など建てるわけないではないか」

イロハはこれ以上得意げな顔はできまい、というような顔で、妖しく笑った。イロハの言葉に、碁石のようなオーリンの目がきらきらと黒曜石のように輝いた。

「どうだ、入ってみたいか？　ん？」

「入(へ)る入(へ)る！　俺(わ)温泉(ゆッコ)大好きだんだばってな！　アオモリの人間でばみんなとても(ノレ)温泉(ゆッコ)好ぎなんだっきゃの！　早く(とっとど)入(へ)るべしよ！」

「ん、んん……？　興奮するとそなたの言葉はいまいちよくわからんな。レジーナ、こやつは喜んでおるのか？」

「ええとっても！　凄く喜んでます！　ちなみに動物も可ですよね⁉」

「構わん、私が許すぞ！」

ワンワン！　とワサオが尻尾をちぎれんばかりに振り回した。

ちなみにワサオは男湯である。

ズイホーデン離宮の温泉は——広かった。美しい庭園の中、ズンダー名物であるという美しい月を見ながらの入浴は——まさに至上の快感であった。

そのあまりの広さに、まるで大海の只中に取り残された遭難者のような気持ちになり、安らぐというよりも心細さを覚えてしまったのだが、いざ湯に浸かるとそんな心細さはどこかへ消し飛んでしまった。

源泉かけ流しであるという温泉はとろりとした肌触りで、しかもこれがヌルヌルと滑って尻が落ち着く暇がない。

疲労回復だけでなく、美肌にも存分に効果があるという湯に浸かっていると、まるで疲労と一緒に自分そのものまで溶けてしまうかのようだ。

ほう、とため息をついて、レジーナは腕を擦った。

「最っ高……もうずっとここにいたい……もう明日からこの温泉なしで生きていける気がしない……」

吐き出した吐息は、すぐに山間部を吹き渡る夜風に掻き消されてしまう。

「あー、もう何もかも面倒くさい、ここに住みたい……布団と食料持ち込んでここで暮らしたい……ここ出た後、重力に逆らって歩ける気がしない。き、気持ちいい……」

ああ、と何度目になるかわからない官能的なため息をつくと、ごくっ、と、誰かが唾を飲む音が聞こえた。

ん？ と横を見ると、レジーナの側で湯に浸かっていたイロハが慌てたような表情になり、ぷい、と視線を逸らしてしまった。

なんだろう、としばらく考えて、レジーナは自分の胸元に視線を落として、ああ、となんだか納得してしまった。

レジーナ・マイルズ、十九歳。

どちらかと言えば冒険者としては平均以下の能力しか持っていないこの乙女の、数少ない自慢の種。

それは、自身の肉体がかなりナイスバディであることであった。

出るところは出て、引っ込むべきところは引っ込む、その選択を全く過(あやま)たない肉体を、この乙女は何の偶然なのか持っていた。

　そんな人が羨むような肉体を有することを、どちらかと言えば得なことであると理解できるようになったのはつい最近のことである。昔は夏に薄着になった時には男どもに凝視されたりして恨んだりもしたのだが、それなりに生きていると粘ついた視線にも流石(さすが)に慣れてもくる。イロハはこの至って大人な身体を見て生唾を飲み込んだに違いなく、それを理解したレジーナは「やぁだ」と笑った。

「イロハってば、今見てたでしょ？　あなた意外にスケベね」

「あ、いや――な、何の話かな？」

　露骨に慌てた表情でイロハはごまかした。

　その慌て方が実に可愛(かわい)らしく思えて、レジーナはまた笑った。

「こんな身体してても全然得なんかないわよ。治療中のスケベ親爺(おやじ)にどさくさに紛れて触られるし、肩は凝るし」

「む――そ、そういうものなのか……」

「それに、イロハはまだ十四歳でしょ？　成長はまだまだこれからよ、まだまだ」

「そうかな――私はどうしても身長がこれでな。自分がこれ以上成長したところが想像できんのだ……」

イロハは自分の小柄さにとことん嫌気が差したというように唇を突き出した。

「これでは大公としてナメられるとか以前に、女として少し恥ずかしいのだ。ミドルネームもゴロハチで可愛くないし、とどめに発現したスキルが【怪腕】だぞ？　ますます厳つくて嫌になる。やんごとない姫君からますます遠ざかる一方ではないか……」

イロハは眉間に皺を寄せて目を閉じ、口元まで湯に沈めてぶくぶくと泡を吹いた。

この少女にも一応、年頃の娘相応の悩みというか、女の子らしく可愛く美しくありたい、という願いがあるのだ。

悩んでいる表情のイロハを可愛いやつだと思っていると、不意に、高い垣根の向こうから鼻歌が聞こえた。

ん？　と耳を澄ますと――どうやらこれは男が歌う鼻歌であるらしい。

そういえば、この広い露天風呂は真ん中で男女が仕切られていて、それを分けているのは葦簀張りの垣根である。ということはこの垣根の向こうで歌っているのはオーリンということになる。

温泉好きなのはさっきの反応を見れば明らかだが、鼻歌まで歌うとは。どうやらオーリンは相当にご機嫌であるらしい。まったく、こっちでは自分の将来について真剣に思い悩んでいる少女がいるというのに。悩みも疲れも忘れてビバノンノとは、本当に男は気楽なもんだ――。

ふと——妙な考えが頭に浮かんだ。

レジーナは湯の中で立ち上がった。

「イロハ、ついてきて」

「え？」

「ほら、いいからさっさと立つ！」

え？　え？　と困惑しているイロハの手を引いて立たせ、レジーナは湯の中に立つ垣根の際まで来た。

さすが大公家秘蔵の離宮、と言えそうな熟練の技で張られていて、一分の隙もない。なんとか指をねじ込んでみようともするが、葦簀は凄まじく頑丈であった。

悪戦苦闘している様子のレジーナを見て、イロハが不思議そうな声を上げた。

「レジーナ、そなたは何をしておるのだ？」

「何を、じゃないわよ。温泉に来たらやることはひとつよ」

「はぁ——？」

全く訳がわからない、というような声を上げたイロハを、レジーナはこれ以上なく冴えた表情で振り返った。

「温泉といえば、ノゾキじゃない」

◆

「はぁ？　ノゾキ――？」

「何をキョトンとしてるのよ。ノゾキって知らないの？」

「知っとるが、女が男湯を覗こうとする動機は知らんぞ」

イロハは困惑丸出しの表情を浮かべた。ふん、とレジーナは鼻息を荒くした。

「だっていつも覗かれるのが女湯だけなんて不平等じゃない。たまには女が男湯を覗いたってバチなんか当たらないわよ。それに先輩だって同じこと考えてるかもしれないし。覗かれる前に覗くのよ」

「それは一体どういう理屈なのだ……？」

「それに相手はどうしたって先輩一人と犬一匹よ。いいじゃない相棒なんだから。相棒の相棒を覗くぐらい減るもんじゃないわよ」

「それはそうだが……。いや、それはそうなるのか……？　っていうか相棒って……」

「いいからほら！　イロハも協力しなさい！」

そう言うと、渋々、という感じでイロハが垣根の前に来た。

一応、髪をまとめていたタオルを身体(からだ)に巻きつけ、レジーナは葦簀の中に指を突っ込んでなんとか隙間を開こうとするが、葦簀はなかなかに頑丈だった。どこか覗(のぞ)き穴のような

隙間は……とあちこちを見てみたものの、生憎どこにも破れやほつれはない。

隙間がないなら上から……と思ったが、葦簀の垣根は二メートルほどの高さがある。足をかけてよじ登れそうな場所を探してはみたものの、踏み台になりそうなものは何もなかった。かといって垣根は竹の支柱で支えられているだけで、これに直接足をかけて登ることもできない。

「くそっ、ダメかぁ……」

「レジーナ……そなたはあくまでも諦めるつもりはないのか」

「ないわね」

即答すると、ハァ、とイロハが呆れたようにため息をついた。

それを見ていたレジーナの頭に……ひらめいたものがあった。

「そうだ、肩車！」

「はぁ？」

「私がイロハを肩車すればいいのよ！　そうすりゃ上から覗けるでしょ！」

その言葉に、イロハがキョトンとした表情を浮かべた後、まさか、という表情になった。

「えっ、嫌なの？」

「えっ、覗くのは私なのか？」

「ま、まぁ、嫌？　ではないが……」

「興味がない？」

「興味……」

その言葉に、イロハが少し視線を明後日の方向に逸らし気味にした。

ここだ、と察知したレジーナは畳みかけた。

「たくましい胸板、六つに割れた腹筋、無骨な身体つき……」

まぁ実際、あのイモ青年の身体がそこまで彫像のように完成されているかは見てみないとわからないが、そんなものはリップサービスのうちだ。

あることないこと並べ立てると、イロハの顔がほんの少し紅潮した。

揺れている――目を見ればわかる。

「浮き出る血管、セクシーな場所にセクシーに走る傷跡、濡れて官能的にぬらつく鎖骨、髪の毛から滴る水滴……」

っつ――、と、イロハが赤面し、手で口元を覆った。

興味がない、とはとても言えなさそうな表情だ。

ニヤリ、とレジーナは笑った。

「どうする？」

「き……興味、興味は、正直ある」

「決まりね」

「だっ、だが、覗くのはレジーナからだ。私には今少し気持ちの整理が必要なのだ」

えっ？　とレジーナは少し驚いた。

「私がそなたを肩車しよう。それでそなたがその目でオーリンの全裸体を見て、これはまさしく見る価値のあるものだと思ったら——その時は、その時は改めて、私にもその機会をくれないか」

まるで特攻を決意した戦士のような口調で、イロハは重々しく告げた。

そりゃこっちは構わないが——流石のレジーナも少し躊躇(ためら)った。

「え——いいの？　プリンセスが一般市民の下になるのよ？」

「そんなものは承知の上だ。必要な犠牲(サクリファイス)……その決断ができるのも私だけだ」

「私は別に構わないけど……あなた、そうするだけの力は……ああ、そうだったわね」

「自分のスキルをこんな助平なことに使うのは申し訳ない気もするが……そなたを肩車するぐらい、今の私には造作もないことだ。そうであろう？」

イロハの目から、迷いが消えた。それは死地に赴こうとする戦士の目——それなり以上の修羅場を掻(か)い潜(くぐ)ってきた者しか持つことのできないだろう眼差しだった。「決まりね」とレジーナはその覚悟に応えるつもりで頷(うなず)いた。

「そ、それでは早速……レジーナ、足を開け」

「う、うん……」

レジーナの足の間にイロハの美しい金髪が来た。そのまま、ぐっ……と力が入ったと思った瞬間、意外なぐらい簡単に身体が持ち上がった。

「おっ、おおっ——」

「どうだ、首尾は上々か」

「オッケーオッケー。十分よ。イロハ、もう二歩前進」

「わかった。床が滑るので慎重に行くぞ」

まるで作戦行動を展開するかのように、二人は密やかに会話を交わした。

レジーナの手が——垣根の上に回った。

そのまま身体を引き寄せ、女の自分には正しく禁足の聖域であろう男湯の空間に、レジーナは顔を突き出した。

「ど、どうだ？」

「待って。湯気が立ち込めててよく見えない。風、風風風風——」

念じるように呟くと、ふわっ、と夜風が吹き渡り、湯気が吹き散らされる。

どこだ、オーリンはどこだ——と探すと、意外なほど近くにオーリンがいた。

「あー、最高だでぁ……なぁワサオ？」

ワフゥ、と、頭の上にタオルを載せたワサオがトロンとした目で答えた。

レジーナは完全に油断しているらしいオーリンの裸体を凝視した。

おお、これは――。

レジーナの血圧が、静かに上昇を始めた。

このイモ青年、どうしてなかなか、身体つきがしっかりしているではないか。魔導師というものは概して肉体労働を嫌う傾向にあるが、陰で隠れて地道に筋トレでもしていたのだろうか。脂肪や弛みというものを一切感じさせず、その身体は意外なほどに引き締まっている。まるで筋繊維の束で編まれたような――予想を上回って完成された裸体である。

「おぅフ――」

レジーナは漏れ出てくるため息を既のところで呑み込んだ。

覗かれていることなど露知らず、らしいオーリンは、そこで左手で自分の髪を掻き上げ、はぁ、と熱いため息を漏らし、よく見れば長いまつ毛を震わせて目を閉じた。

腕から滴った水滴がオーリンの黒髪を濡らし、カラスの羽根の如くに、てらてらと月明かりに輝いた。この世界ではよほど珍しい黒髪だが、水に濡れるとこんなにエロ――いやいや、艶かしいものだとは知らなかった。髪を掻き上げた時に腕に浮き出た筋も、なんだかひくひくと動いていて、生物的なものを感じて心臓に悪い――あ、乳首の横にホクロ発見。

「おおお……うほぉ……！」

自分の耳にも聞こえるほど、鼻息が荒くなってきた。

生まれてこの方、男の裸体などは父親のソレしか見たことのないレジーナである。ほぼ初めて見る同年代の異性のあられもない姿に興奮するのも無理はなかった。何度も何度も目を擦り、オーリンの裸体を好き勝手鑑賞する。

くそっ、湯気でそうなっているのか、まだ消え残っている理性が脳に認識させないのか、この位置からではオーリンの一番大事な部分がよく見えないではないか。

さっきまで極楽だとばかり思っていた、少し濁り加減の湯が、こんなに憎たらしく思えることはなかった。

「おおお……ぬおおおお……！」

人間が見ること、観察することのために死ぬことがあったならば、この時のレジーナは死んでいたかもしれない。レジーナは今や全身を目にして、相棒の無防備な姿を観察するためのひとつの器官と化していた。

その唸り声を聞いて、イロハがたまらず叫んだ。

「どっ、どうなのだレジーナ⁉　そっ、そんなによいものなのか⁉」

「いい、いい……！　凄くいい……！　エッロ……！」

「そっ、そろそろ代われ！　今度は私が覗く！　下ろすぞ、よいな！　下ろすぞ！」

「まっ、待ってイロハ！　お願い、あと少し、せめて先輩の本丸を落とすまで……！」

「本丸を落とすまでにどれだけかかるのだ！　攻城戦には時間がかかる！　待っていられない！」

そう言って、イロハの身体が沈んだ。あっ、待って――！　楽園追放に抗議する声を上げたレジーナは、たまらず垣根にしがみついた。

それがいけなかった。一瞬でもレジーナの全体重を受け止めた垣根がたわみ、それを支えていた竹の支柱が呆気なくボキリと折れた。

「あっ――⁉」

思わず、レジーナは悲鳴を上げた。その声に、はっとオーリンが顔を上げ――一瞬、バッチリと目が合ってしまった。

「れ、レズーナ……⁉」

一瞬の浮遊感の後、垣根は男湯の方に倒れ始めた。うわわわ……！　と悲鳴を上げる間にも、垣根は容赦なく傾ぎ――遂に飛沫を巻き上げながら湯の中に倒れた。

ドボーン！　という衝撃とともに、鼻から思い切り水を吸ってしまった。

つん、と鼻の奥に痛みを感じたレジーナは、手足をばたつかせてなんとか水面から顔を出した。

「う――！　うぇぺぺ……！　げほ、げほげほっ……！　う、やだぁ……！」

激しく咳き込むと、ようやく人心地がついてきた。

レジーナが掌で拭いた顔を上げたところに――奇妙な物体があった。

「……ん？　なにこれ……？」

思わず、レジーナはそれをよくよく観察した。


なんだろう、このどんぐりのような物体は。

なんだか感じとしては、生まれたばかりの豚の赤ん坊のようなもの。

見た感じ、柔らかいような硬いような……よくわからない。

思わず人差し指でつんつんとつついてみると――指先に今まで一度も感じたことのない、言葉にできない感触が伝わった。


「れ――！」

途端に、そんな悲鳴が頭の上から降ってきた。

ん？　と顔を上げると——まるで熟れたリンゴのように真っ赤になったオーリンの顔があった。

え——⁉　と、全身の血液が沸騰した。まさか、まさかこの豚の赤ん坊って……！　とレジーナがその正体に思い当たる前に、オーリンが両手でそれを隠し、湯の中を物凄い勢いで後退り(あとずさ)した。

「レズーナ！　ばっ、馬鹿たれこのォ——‼　な、な、ななな、何すてらんだばお前⁉　おっ、おお、お、男湯ば覗(のぞ)いでらったのが⁉」

え、今触ったよね？　二回ぐらいつんつんと。赤面するよりも青ざめてしまったレジーナをまるで怪物のように凝視して、オーリンはいちばん重要な拠点を両手で隠しながらもじもじと腰をくねらせた。

「せ、せんぱ……！」

「やがますぃ！　何が先輩だ！　いっ、いいがらあっち向げこのバカコ！」

物凄い声で叱責されて、レジーナは慌てて回れ右をした。

その間にタオルで隠すところを隠すような空白があり——やがて「この腐れモンが……！」という唸り声が聞こえた。

「あ、いや、先輩、これは別に先輩のあられもない裸体を覗こうとしてたわけじゃ……」

あはは、とごまかす声とともに笑うと、オーリンの目がレジーナを外れ、その背後に注がれた。

え？　とレジーナも振り返ると――両手を口に押し当て、真っ赤になって震えているイロハがいた。

「え、エロハ――！　ま、まさか、お前も共犯が……!?」

愕然とオーリンが問うと、イロハは潤んだ目で、たった一言、絞り出すように言った。

「ちゃいろい」

その一言で、一瞬で全てを悟ったのだろう。

オーリンがますます顔を真っ赤にしてレジーナを睨んだ。

「このォ……！　おっ、お前だはァ！」

その怒声とともに、バッシャア！　と、顔に思い切り湯をかけられた。

うわぷっ！　と顔を背ける間にも、どんどん湯をかけられ、思わず溺れてしまう。

「エロハっ、お前もだ！　喰らえ！」

そう言って、オーリンは両手で思い切りイロハに向かって湯をぶっかけた。あばば！

とそれをモロに顔に喰らったイロハが、急に正気に戻った顔でオーリンを睨んだ。

「なっ、何をする⁉」

「何をするってこっつのセリフだ！　お前(な)も俺(わ)の裸ば見て喜んでらったんだべ！　この湯ッコで頭ば冷やせ、このスケベ姫が！」

「あばぷ……！　やっ、やったな！　しかも二回も！　そっちがその気なら私も受けて立つぞ！　喰らえ奥義、プリンセス・スプラッシュ！」

「うぺぺ……！　つっ、ツボケがこのォ！　やるってな、上等だァ！」

バシャバシャ……と、オーリンとイロハは湯をぶっかけ合って大騒ぎを始めた。

元凶、というか言い出しっぺはレジーナなのだけれど、そんなことなど頭から消し飛んでしまったらしい。


なんだかイロハと先輩、本当の兄妹みたいだなぁ。

その様を見ていて、レジーナは少し安堵(あんど)したような気持ちになった。

最初は色々将来について思い悩んでいるイロハを元気づけようと提案したノゾキだったけど、予想以上に効果を発揮したらしい。


ほう、とため息をついて、レジーナは夜空に浮かんだ月を見上げた。

その横で、呆れたように水かけ合戦を見ていたワサオが、ワフゥ、とひとつあくびをした。

◆

ズイホーデン離宮に招かれて、はや七日が経過していた。

もはやここ以外の場所で生きていくことなどできないのではないか——。レジーナは真剣にそう考え始めていた。

何しろ、食事は美味しいし、しかも上げ膳据え膳。

温泉は最高だし、欲しいものは何でもすぐ手に入る。

この間までごく一般的な家庭での生活しか知らなかったイチ冒険者にとって、離宮での生活は天国も同然だった。いけない、これではいけない、いくらなんでもこれ以上気が緩むと冒険者に戻れなくなる、と思うのだが、いかんせんどうしようもなかった。不便や不満がない状態というのがここまで人間を堕落させるものだということを、レジーナは初めて知ったのだった。

「んああ……気持ちいい……いい、いい……♡」

そして今日も今日とて、レジーナはベッドの上にトドのように寝転がりながら嬌声を上げていた。ぐっぐっ、と的確な場所に適度な負荷がかかるたび、レジーナの身体は何度でも繰り返し喜んだ。

「ああ……そこよそこそこ……んあー、んあー、すっごぉいのぉ……♡」

背中にペタペタと触れてくる、人肌の温かさが心地よかった。王都で、グンマーで、マツシマで蓄積した疲労物質が一秒ごとに消えてゆくのがわかるようだった。

「んあー、んあー……んほぉ……いぐ、いぐっ、いぐぐぅん……♡」

「おいレズーナ、あんまり妙な声出すんでねぇ。他の人がびっくりするべや」

近くにいるオーリンが窘める声で言ったが、知ったことではない。第一この声は出そうと思って出しているのではなく、勝手に出てくるのである。

「だってこのスライム、最高にテクニシャンなんですよ……先輩だって知ってるでしょう……」

レジーナは目だけを動かし、背中にまとわりついているスライムの塊を見つめた。このズイホーデン離宮にいる専属のリラクゼーションスライムは、大した知能もなかろうにこと手捌きに関しては殊更に匠であった。一体何人のコリを癒やしてきたらこんな絶技を獲得できるのか、と疑いたくなるほどの手練手管でコリをほぐし、絶妙にツボを刺激してレジーナを悦ばせる。できることならこのスライム、家にも是非欲しいぐらいであった。

「んぐぇ……あー、もうダメ、もう絶対元に戻れない……♡　もう立って歩くことすら厳しい気がする……」

「こりゃ、あんまし滅多なごど言うんでねぇ。冒険者が冒険心忘れたらただのろくでなしだべ」

「んむぅ……そういう先輩だって随分リラックスしてるじゃないですか……」

レジーナは顔を上げ、隣のウッドデッキにいるオーリンを蕩けた目で見た。オーリンはゴージャスな一人用のジャグジーに大きく腕を放り出して背中を預け、昼間から優雅にワインなぞ飲んでいる。まったく、殊勝なことを抜かしてけつかるくせに、自分だって全力で快楽に浸っているではないか。

「馬鹿お前、これは戦士の休息ってやつだべね。こいでも俺は冒険者の心構えは忘れでねんだど。いづだって死地さば赴く覚悟はでぎでんだど」

「その訛りで言うことには思えませんね全く……んあー、スライムさん、そこそこ、肩が、肩がこるんですこの身体は……それなりのものが二つついてるんで。もっと強めで……♡」

「とにかぐレズーナ、ごごさあんまり慣れすぎればまいねぞ。そんでねぇばお前、単なる怠け者さなって終わりなんだじゃ」

「同じからぽねやみさんからのご意見、真摯に受け止めておきます……んあー、んあー、き、気持ちいい……いぐ、いぐぐぅ……おほぉ……♡」

「ここにいたのか、オーリン、レジーナ」

と——不意にイロハの声が聞こえ、ん？　とレジーナは顔を上げた。

タオル一枚を身体に巻きつけた状態でベッドの上で嬌声を上げる女、パンツ一丁で風呂に浸かっている男とを順に見つめたイロハは、ほんの少しヒいたような表情を浮かべた。

「まぁ、ここに招いたのは私だがな……だがそなたら、いくらなんでも全力でくつろぎすぎではないのか、人の離宮で……」

「んあっ、ごめっ、なさっ、んああ♡　本当にご迷惑を、おかけ、やまかけ、んあああ♡」

「はぁ……もうよい。ところでそなたらに報告がある。悪いがスライム、席を外してくれ」

その途端、ぴたりと手を、というか、どこかを止めたスライムはニュルンと丸い状態に戻り、ぴょんぴょんと去っていった。「んああ、ま、待って……！」と悲鳴を上げるレジーナにも構わず、イロハは話し始めた。

「内部調査の結果が出た。アルフレッドの私室、そしてチェスナットフィールド家の屋敷、交友関係、文書など全てを当たってみたが……詳しいことはわからなんだ」

アルフレッド。その言葉に、流石にレジーナも正気に戻った。

身体を起こし、ベッドの上に胡座をかいて座り込む。

「だが確実なことがひとつある。そこな犬、もといフェンリル、えーと、ワサオだったか」

「ワン！」

オーリンの足元でどでかい牛骨をかじっていたワサオが顔を上げた。思えばこのフェンリルもこの離宮に随分堕落させられているようだった。

「オーリンよ。聞くところによるとワサオはアオモリのフェンリルだそうだな？」

「まぁ、そこは俺も気になってはいだんだ」

　オーリンが先回りの口を開いた。

「っつうごどは、あの護衛はアオモリさ行ったごどがあるってことだ。何をしさ行ったのがはわがんねども、確実なのはそいっだけだな」

「その通り、アルフレッドはアオモリに行ったことがあるのだ。そうでなければワサオをそのスキルで呪うことなどできはしない」

　イロハは大きく頷いた。

「そこで調査してみたのだが――案の定、アルフレッドは半年前に約一ヶ月間の休暇を取って、その間はチェスナットフィールド家の実家に帰省したことになっている」

　イロハは少しだけ目を細めた。

「無論、チェスナットフィールド家に確認を取ってみたが……私に召し出されてからの四年、アルフレッドは一度も実家には帰っていないという返答だった。ということは、その時アルフレッドはアオモリに行っていたことになろう」

　ふーっ、と、オーリンがため息をつき、顎に手を添えて考える雰囲気になった。よく見ればはっとするほどの美青年であるから、深い憂いを湛えた表情はそれはそれで絵になる――パンツ一丁でなければ。

「アオモリってば大陸一番の辺境だで。すったどごさわざわざ観光ってわげでもねぇべし……何しさ行ったんだ？」

「当然、私もそこが気になった。そこで、我々ズンダー大公家は大陸の各地に張り巡らせた課報網を使ってアルフレッドの足取りに関する情報を収集した。そこでわかったことがひとつある」

「なんだや？」

オーリンが顔を上げた。

イロハは少し沈黙してから、低く言った。

「なんでも半年前、アルフレッドと思われる青年が――ヴリコ大森林近くの旅籠屋に逗留した記録がある、と」

「ヴリコ――？」

レジーナが思わず問うと、オーリンが代わりに説明した。

「大陸西の辺境だ。アオモリさも近い、亜人種が多く住む場所だずな。広大な深い森と鉱山に囲まえで、そごさ住む獣だぢは太古のままに大きぐ、凶暴だど――聞いだごどがある」

ヴリコ。そういえばレジーナもその名前に関する知識が全くないわけではない。大陸の脊髄とも言える長大で険阻なオーウ山脈と深い森とに阻まれ、人の往来が盛んではないヴリコには、古くから人類に住処を追われた亜人種――要するにエルフたち――が住んでいるという。

「ヴリコ美人」――と、大陸では伝説的に噂されるエルフ。

人間より遥かに長命、美しい容姿を持ち、森と狩猟と静寂とを愛すると言われる彼らは、一方で極めて人間嫌いの種族としても知られており、大陸にもその姿を目にした人間は極めて少ないと聞く。

そんな辺境に何故――？　そう考えているのは、オーリンもイロハも同じなのだろう。

オーリンはしばらく黙考した後、諦めたように首を振った。

「ダメだな、考えでも仕方ねぇ。なんでそんな辺境さわざわざ寄ったのがは知ゃねども……それ以上の手がかりはねぇんだべ？」

オーリンの言葉に、イロハは頷いた。

ふーっ、と、オーリンは長くため息をついた。

「レズーナ」

「はっ、はい！」

「あんまりボヤボヤどもすてられねぇ。次の行き先は決まったど」

いつの間にか――オーリンの言葉にはさっきまでの腑抜けた色ではなく、れっきとした中堅冒険者の闘志が戻っていた。

「とにかぐ、ヴリコに行ってみるしかねぇ。それに、ヴリコの獣だぢも操られでいだったどすれば、ヴリコが今どうなってんのかもわがんね。一度（ふとぎやり）行ってみんべや」

ああ、いけない、忘れていた――。

オーリンの声に、レジーナは少し自分を恥じた。

自分は本当に忘れかけていた。

これはみちのくのリラクゼーションのストーリーではない、冒険のストーリーであることを。自分が何故ここにいて、どこを目指しているのか、それを見失った冒険者は最早（もはや）冒険者ではないのだ。

しっかりしろ、レジーナ・マイルズ、もう揺り籠の中ではないのよ――レジーナが自分を叱っていた時だった。

「そなたたちは行くのか。その……ヴリコ大森林に」

ん？　とレジーナは顔を上げた。

イロハは少しだけ何かを言いたげにオーリンとレジーナとを交互に見つめている。

「当然だべや。行がねぇどわがんねごどば沢山（のっつど）あるべよ」

「そうか、そうであろうな……」

なんだか――歯切れの悪い言葉だった。

そう言ったイロハの表情は、今まであまり見たことのない表情――。まるで母親に叱られた後、「もういいよ」と言ってくれるのを待っている子供のよう。確実に何かの言葉を待っているイロハの表情に、レジーナが何かを察した時だった。

「大丈夫だ。お前の兄貴の仇はきっと取ってやるでば」

オーリンが少し大きな声で言った。

「なも俺たちを心配するごどはねぇ。エロハ、お前は自分の立場ば一番に考ろ。お前はズンダー大公の姫さんなんだど。アレッコレッど余計なごどば考えるごどはねぇ。ズンダーにはお前が必要なんだ。俺どレズーナとワサオで、お前の兄貴がやったごどはきっと解決すてくる。良な？」

その声は、イロハを叱るような声に聞こえた。

そう感じたのはイロハも同じだったらしく、イロハは一瞬、なんだか突き放されたような表情でオーリンを見つめ、口を薄く開きかけた。だが――それ以上はなにも言うことなく口を閉じたイロハは、「そうだな……」と、たったそれだけ、絞り出すように呟いた。

俺と、レジーナと、ワサオで――そうオーリンがわざわざ声に出して言った、その理由。

その理由になんとなく思い当たったレジーナは、思わず「あの、先輩……！」と口を開こうとした。

それと同時に、オーリンがジャグジーから立ち上がった。

わざとそうしたと思える大きな水音に、レジーナの言葉が半ば搔き消(かけ)された。

「さ、そうど決まればさっさと(ちゃっちゃど)準備するべ。エロハ、悪いが離宮はもう終わりだ。宮殿さ戻るべ。馬車ば手配すてけろ」

事務的にそう言って、オーリンは傍らに畳んであったバスローブに手を伸ばした。

まだなにか言いたげにちらちらとオーリンを見つめるイロハの視線にも応えず、オーリンは無言のままだった。

結局、イロハが何かを諦め、部屋を出ていったのは、それからしばらく経(た)ってのことだった。

第五話
メゴコ・ノ・チョンコ（可愛いぁの子）

イロハとズンダー家が感謝のしるしとして催してくれた晩餐会(ばんさんかい)。

レジーナはもっとこぢんまりとした食事会を予想していたのだけれど——レジーナはそわそわしながら周囲を盗み見た。

グランディ宮殿の、まるで運動場ではないかと疑いたくなるほどの大広間には、重武装の《金鷲の軍勢(ゴールデン・イーグルス)》が勢揃(せいぞろ)いし、一分の隙もない服装のメイドたちがずらりと並び、二人と一匹でしかない客をもてなそうとうずうずしている。正直、ここまで豪華にしてもらうと、料理の味などわからなくなってしまうのではないかと思わせるほどの歓待ぶりだった。

「せ、先輩……いいんですかね、私、こういう格式張った場所って初めてなんですけど……！」

「……俺(わ)みでぇな田舎者(じゃご)に相談なんかしても仕方ねぇべよ。俺(わ)の方が緊張してんだど。俺(わ)も宮中晩餐会なんど初めてだっつの」

ヒソヒソと相談していると、口ひげの男がやってきて、緊張をほぐすように言った。

「何もご心配はいりませんよ。あなた様方は我がズンダー家の大切なお客様なのですから」

その言葉に、オーリンとレジーナは気恥ずかしく顔を見合わせた。

「我々のことは既に家族と思っていただいても結構です。本当に素晴らしい力を持ち、尊敬できる人間には対等な関係を約束する……それがズンダーの流儀でもあるのですから」

口ひげの男がそう耳打ちしてきた瞬間「大公息女(プリンセス)、御成り！」という朗々とした声が響き渡り、会場がしんと静まり返った。

瞬間、大広間の扉が開き、中から現れたイロハを見た瞬間——うわぁ、と思わず声が出た。

いつもの服装ではなく、ドレスと宝飾品で正装したイロハは——正しくプリンセスそのものの姿をしていた。

頭には巨大な宝石がいくつも光り輝くティアラを載せ、ひと目でこれ以上なく上等とわかる仕立てのドレスに身を包み、白手袋を嵌(は)め、長いスカートの裾を引きずりながら、多数の侍女を連れ、しっかりとした歩調で会場に歩み入ってくる。

ちら、とオーリンを窺(うかが)うと、これ以上はできまいという放心の表情でイロハを見つめている。これがあのちっこくてキーキーうるさかったイロハなのか？　言葉以上にそう言っているオーリンの表情は間抜けで、ひと目見たら吹き出してしまいそうなほどだったが、おそらくは自分も似たような表情をしていたに違いなかった。

しずしずと歩を進め、玉座の前に立ったイロハは、オーリンとレジーナを見つめて微笑みかけた。

「明日、そなたたちは新たなる目的地へ旅立つ。今晩の馳走は、我がズンダー家への、ベニーランドへの、そして何よりも……私への、そなたらの協力と献身を深く謝して供するものだ」

これぞ姫君の声と言える、威厳ある口調と声だった。その声にわけもなく緊張し、レジーナは丸まっていた背筋を伸ばした。

「成り行きとはいえ、そなたたちには本当に世話になった。我が一族の因縁に付き合わせてしまった挙げ句、そなたらにベニーランドの命運まで預けてしまった。大公息女として、そしてズンダーを代表する者として、そなたらには深く陳謝する」

イロハは少しだけ頭を下げた。その頭を下げさせることが如何なる意味を持つことなのか、レジーナにだってわからないはずはなかった。豪勢な食器と調度品を前にし、しゃちほこばって椅子に座るレジーナは、恐縮する気持ちでイロハの挨拶の終わりを待っていた。

「まぁ、堅苦しい挨拶はこれまでにしよう。今日は気絶するまで飲み、食べ、騒ぎ、そして何も心置きなくズンダーから旅立ってほしい。ベニーランドが誇る珍味の数々を、たとえ地の果てに行っても忘れてくれるなよ――」

イロハがグラスを掲げ、乾杯の挨拶をした。

それと同時に、ずらりと居並んだメイドたちが一斉に動き出した。

「——ややや、すっかり国賓待遇だなぁ。レズーナ、すげぇな」

オーリンが半ば呆れたように苦笑した。

確かに、これは正しく国賓待遇と言えるだろう。ただのしがないイチ冒険者には過ぎる歓待ぶりに、レジーナは改めて凄い人と知り合ったものだ、と今更ながらにその事実を嬉しく思った。

「さぁさぁ、どんどん料理が運ばれてきますよ。今夜はベニーランドの山海の珍味を胃袋が破裂するまでご堪能ください！」

口ひげの男がまるで舞台役者のように両手を広げて謳い上げた。

それと同時に、純白のテーブルクロスの上に次々と皿が並べられた。

これは——見たことのない料理だ。

茶色く炊かれたライスの上にぎっしり敷き詰められているのは、鮮やかなピンク色に照り輝くサーモンの切り身、そして宝石のような紅い魚卵だ。まるでそれ自体が工芸品のような鮮やかな色合いの料理に、思わずレジーナは声を上げた。

「おおっ、これは……！」

「素晴らしい色合いでございましょう？　ズンダー名物、ハラコ飯ですよ」

口ひげの男が指先で髭を撚りながら説明した。

「当地方では古くからサーモン漁が盛んでしてな。まさに山海の珍味を一度に召し上がることのできる料理ですよ。サーモンの切り身とイクラの取り合わせは色合いだけでなく味も絶品でございます。さぁ、召し上がれ」

「わい、イグラだじゃい！」

説明を聞きながら、オーリンはまるで子供のように顔をほころばせた。

「懐かすぃなぁ、アオモリを思い出すぜー。アオモリの人々でばうんとこいづが好きなんだ。──すみません、醤油くれるが？」

オーリンが手を挙げて言うと、すぐさま醤油の小瓶が運ばれてきた。

それをいそいそと受け取ったオーリンは──何の躊躇いもなくハラコ飯の上に醤油をかけ……否、注ぎ始めた。

「えっ──!?」

一瞬、場の空気が凍った。

じょー……と音を立て、醤油はハラコ飯の上に注がれてゆく。醤油の色でハラコ飯の鮮やかな暖色はあっという間に黒く変色していった。口ひげの男も、メイドたちも、そしてレジーナもイロハも、呆気にとられてそれを見つめているが、一人恍惚の表情を浮かべるオーリンはその視線に気づいていない。

小瓶の半分ほども注いだだろうか。すっかり醤油でヒタヒタになったハラコ飯をスプーンで一口口に運んだオーリンは、うっとりとため息をついた。

「すっごく(たんげ)、美味(め)でゃ……」

ああ、そういえばこの人、滅茶苦茶(めちゃくちゃ)な塩党だったんだっけ――。レジーナは一ヶ月も前に食べたカヤキの凄(すさ)まじい塩味を思い出していた。あの時は本当に、口の中に芝刈り機か何かを突っ込まれたのかと思ったが、やっぱりあれは嘘(うそ)でも幻でもなかったのだ。いや、なんだか知らないがアオモリの人はみんな塩辛いものが大好きらしいが、それにしてもこれは……。

「さ、さぁ！　次々と料理は運ばれてきますよ！　お前たちも散れ！　仕事仕事！」

口ひげの男が気を取り直すように言い、メイドたちも頭をどつかれたかのようにハッとして仕事に戻っていった。

豪勢な料理は次々と運ばれてきて――やがて本格的な宴(うたげ)が始まった。

◆

「先輩、ほらしっかりしてくださいよもう、いくらなんでもハイペースで飲みすぎなんですよ」

「うぃ〜……世界が回るじゃよ……ややや、悪いなレズーナ。真っ直ぐ歩いでらつもりだけどや……」

「全然真っ直ぐ歩けてないですよ。ほらもう、明日二日酔いになっても知りませんからね」

レジーナは小言を言いながら、ずっしりと重いオーリンの肩を苦労して支えた。

あの後、随分出来上がっていたオーリンはようようのことで潰れる気配を見せ始め、それをきっかけに宴会もお開きの雰囲気を見せ始めた。

潰れてしまったオーリンを見て、口ひげの男は最初用意してくれていた部屋へ連れていこうとしたが、そこでオーリンがごねた。

身体が火照っている、どうしても夜風を浴びてから寝たい――。

酒の勢いもあり、こうなるとテコでも動かない強情張りがオーリンという青年である。

仕方なく足元もおぼつかない様子のオーリンに肩を貸し、広い宮殿を歩いてレジーナは外へと向かっている。もう夜も深まっているためか、広い宮殿の廊下では誰ともすれ違うことはなかった。

結局、宴席を中座したイロハは、最後まで戻ってくることはなかった。本当はもっとゆっくり話をしてみたかったのだが、彼女は大公息女、プリンセスなのだ。マツシマに行っていた間、色々仕事も溜(た)まっていただろうから仕方がないだろう。

今夜のお礼は明日、出発する時にすればいいか……と考え、オーリンを引きずって廊下の角を曲がった途端だった。

「レズーナ、黙って聞げや」

不意に――オーリンが急にしっかりした言葉でレジーナに耳打ちしてきた。

え？　とその横顔を見た途端、オーリンがレジーナから肩を外し、しゃんと立ち上がって数歩歩いた。

「え、先輩――？　歩けないぐらい酔ってたんじゃ……」

「レズーナ、宮殿の人々(すたづ)には悪いけんど……今日このままベニーランドば出るべしよ」

オーリンがぽつりと言い、レジーナはその背中を見た。

「ややや、すっかどここには世話になってすまた。本当はうんと礼ば言わねばねぇども、明日(あす)になってあんまし土産(みやげ)だお礼だってもらっても足が重ぐなるだげだばってな」

急にさばさばした口調になったオーリンの言葉に、レジーナは目を丸くした。

「それに、今度行ぐのは王都でなくてヴリコの山ン中だ。二千万ダラコなんど、そったら大金ば持ち歩いて落どしてもよくない(まいね)べし。お前(な)は納得でぎねぇがも知ゃねども……報酬(じえんこ)ばもらうのはまだ今度でもいいがべ？」

まぁ、それはそうだけれど……。

　レジーナが無言を通すと、ふう、とオーリンがため息をついた。

「そいっだけでねぇど。今の歓迎ば見たべや。このまま明日の朝待ってれば、もすかすれば爵位だの名誉勲章だのって始まるがもわがんね。そんなごとになったらゆっぐり街も歩けなぐなるっきゃの。今のうちにさぱっとベニーランドば出はった方がいいど……」

「先輩――」

　レジーナは真剣に驚いて、その背中に言った。

「先輩……先輩って、ものすっごく嘘が下手クソですね……」

　ええ？　とオーリンが驚いたように振り返った。

　レジーナはぎょっとしているオーリンの顔をまじまじと見つめた。

「顔に書いてありますよ、先輩。要するに、イロハと別れるのが寂しいから、今のうちに振り切って出ちゃおうって、そう言いたいんですよね？」

　ぎくっ――と、オーリンは視線を泳がせた。

　嘘をつくのもヘタならば、図星を指された時にごまかすのも下手クソだった。

　まぁ、正直というかなんというか――レジーナはそのあからさまな動揺を見て、思わず吹き出してしまった。

「もう……そういう時は強情張らないでそう言ってくれりゃいいんですよ。誰も笑いませんよ？」

「な――なんだやその顔。俺は別にエロハのごどなど一言も喋って――」

「はぁ、もういいです、先輩がそうしたいならそうします。これでも相棒ですからね」

あはは、と全てを見透かした上で笑うと、オーリンはバツが悪そうに頭を掻いた。どうやら、本当に今のでごまかしきれると思っていたらしいことがまた可笑しかった。相変わらずこのイモ青年は可愛いところあるなぁ……とレジーナはしばらく笑い続けた。

「それに、先輩の気持ちもわかりますから。私だってあの子と別れるのは寂しいですし」

ひとしきり笑ってから、レジーナは視線を下に落とした。

この二週間、まるで実の姉妹のように仲良くなったイロハと別れる寂しさ。

それがまるで北風のように心の空虚に吹きつけるのを感じて、レジーナは頬を指で掻いた。

「あの子が冒険者なら仲間に誘ってみるところなんでしょうけど――そりゃダメですよね。あの子はプリンセス、ズンダーの未来そのものなんですから。イチ冒険者の貧乏旅に付き合わせたら、私たち、大陸中のお尋ね者になっちゃいますからね――」

軽口を交えてみても、オーリンは無言だった。

オーリンはきっとレジーナと同じ、いやそれ以上に寂しさを感じているのかもしれなかった。でなければ一芝居打ってまでこんなことは言い出さなかっただろう。

はぁ、とため息をついて、レジーナはオーリンの背中を拳で軽く叩いた。

「さ、そうと決まれば行きましょうか。抜き足、差し足でね！」

雰囲気を変えるつもりで言った元気いっぱいの一言にも、オーリンはただ頷いただけだった。

そのまま、レジーナたちが宮殿の出入り口を目指して歩き出そうとした、その時だった。

「何をコソコソ内緒話をしておる。丸聞こえだぞ、たわけどもめが」

背中にそんな声がかけられ――レジーナもオーリンも、はたと足を止めた。

振り返ると、例の如く腕を組み、腰に二本の木刀を差したイロハが、憤ったようなふくれっ面でこちらを見ていた。

「イロハ――」

それ以上、言葉の続けようがなかった。

先程見た時のような豪勢なドレスではなく、いつもの黄色い仕立ての服に身を包んだ、小柄な姫君の姿。

それはレジーナも見慣れた姿だったが、唯一違うのは、背中に見覚えのある鋼の剣を背負っている点だった。

「エロハ――お前、何する気だってや……！」

その佇まいを見ただけで、イロハがこれから何をするつもりでここにいるのか理解してしまったらしい。オーリンは少し怒ったような顔と声でノシノシとイロハに歩み寄った。

「何を、とはご挨拶だな。これからそなたたちはヴリコ大森林に征くのだろう？　私も連れていけ、拒否することは認めぬ」

「何を馬鹿喋ってんだや！　冗談でねぇど、連れて歩けるわげねぇべや！」

オーリンは苛立ったようにイロハを見下ろした。

「お前は自分の立場ば忘だってが！　良が、お前は大公家のお姫さんなんだど！　こすたら乞食みでぇな情けねぇ冒険者さ同行して歩くなんて喋んのは馬鹿もいいどごだずんだ！いいがらここに居ろ、な！　なもお前までついで来るごどはねぇ！」

「レジーナ、簡単でいい。今の言葉を【通訳】せよ」

「えっと……とにかく冗談じゃない、って」

「ふん、どうせそんなことをぐじゃぐじゃ言っとるのだろうと思ったわ。では逆に問おう……オーリンよ、洒落や冗談で私がこんなことを考えていると――そなたはそう考えるのか」

イロハの声が低くなり、それと同時に、何かぞっとするような空気が廊下に吹き抜けた。

イロハの声に気圧されたかのように、オーリンの長身が少し怯えたようにたじろいだ。

今まで一度も見たことのない、憤怒の炎が燃える目で、イロハはオーリンの顔を見上げた。

「であればハッキリ言っておこう。そなたらが離宮で廃人同然にくつろいでおる間、ちゃんと私は悩んでおったのだぞ。大公息女として、そして一人の人間としてな。悩んで悩んで悩み抜いて——出した結論がこれだ。この結論を頭から馬鹿にすることは、いくらそなたでも赦さぬ」

威厳ある、ズンダーのプリンセスとしての声でそう言われ、オーリンも流石に顔色を変えた。

「私は確かにプリンセスとして周囲から崇敬される存在かもしれぬ。私こそがズンダーの未来の一部であるのかもしれぬ。だがな、ズンダーのプリンセスであることが、私の全てではない——そうであろう？」

まるで自分たちの何倍も年を重ねた大人のような口調だった。

説得ではない、オーリンやレジーナの短慮を窘めるかのような声はまだ続いた。

「私は私であるはず。二本の足がついておってどこにでも行ける。ならば私がしばらく意思あってベニーランドを離れることになっても、それはズンダーの未来を紡いでゆくこととは矛盾しないはずだ」

「いや、ほんでもよ——！」

オーリンはほとほと困ってしまったかのような声で抗弁した。

それを見つめてから、イロハはやおら視線を自分の足元に落とした。

「私は――私の言葉は、アルフレッドの魂を救うことができなかった」

その言葉に、オーリンだけでなく、レジーナも息を吞んだ。

「私に、本当の意味で力があったなら、アルフレッドを死なせずに済んだかもしれん。あの時、私の言葉が本当に人の心を捉える言葉だったなら――ううん、それだけではない。私が馬鹿でなかったら。アルフレッドの孤独を見抜き、それを癒やせていたなら、アルフレッドは、兄は――」

ぐっ、と、イロハが奥歯を嚙み締めた。

それと同時に、イロハが背中に背負った剣が、鞘の中でカタカタと鳴った。

それはアルフレッドが帯びていた剣――彼の母親の、そして今や彼の形見そのものの剣だった。

「形だけの大公になって、それで何になる。私が変わらないのであれば、またアルフレッドのような人間がズンダーに生まれることになる。私は――もう二度とあんな悲しい存在を生み出したくはない。私は……強くなりたい。兄をああしてしまった原因が地の果てにあるなら、その地の果てまでも追いかけたい。もう二度と目の前でこぼれ落ちるのを見たくはない――」

イロハが顔を上げた。

「私は、自分がなりたいと願うものになりたい。そなたたちと旅をして、本当に力ある大公に、慈愛ある大公になりたいのだ。ダメ……かな？」

レジーナもオーリンも、しばらく無言だった。

この小さな身体の一体どこに、こんな強い決意の言葉を吐かせる力があるのか。

真剣に不思議に思えるほど、イロハの今の声は澄んでいて、揺らがない芯を感じさせるものだった。

しばらく、沈黙が落ちた。

気の毒になるぐらい必死なイロハの顔を見て、オーリンがため息をついた。

「ダメだな。そいでばは、お前は連れて歩げね」

「オーリン……！」

「わい、そすたら顔すんな。何勘違いすてっけな。俺は何も絶対ついでくんなってば喋てねえんずや」

え？　とイロハが目を丸くした。

オーリンが足元にいるワサオを見て、それからしゃがみ込み、ゆっくりとその頭を撫でた。

「ワサオはアオモリの犬での。全部終わったら故郷のアジガサワー湊（みなと）に帰してやんえばまいね。っつうごどは、おらだは最終的にアオモリに行くってごどだ。わがるな？」

わかるな？　と言われても、オーリンの言葉の意味はわからなかったのだろう。

思わずポカンとした表情を浮かべたイロハに、オーリンは意味深な笑みを浮かべた。

「今からアオモリば目指せば、ちょうどヒロサキ城の桜が満開になる頃合いだじゃな。そすたな大公の使命だとかなんだとかってのは俺ら（わんど）パーツーには荷が重すぎるびの。もっと簡単にさ、ただヒロサキの桜ば見たいがら俺ら（わんど）さついで来るって喋んなら……いいぜ、止めね。お前（な）の好きにしたらいいべや」

あ、とレジーナは声を上げた。

星コなどよ、見上げでも仕方（すかだ）ねぇ。空でなくて地面も良（い）っぐ見でみろ。ちゃんと同じぐらい綺麗（きれがだ）な花コも咲いてるもんだ。ヒロサキの桜は綺麗（きれがだ）なんだぜ——。

少し前、オーリンがマツシマでイロハに言った言葉だった。

手の届かない星ではなく、ちゃんと地上にある花を愛（め）でろ。

あの心細い光量の焚（た）き火（び）を前にして、オーリンは確かにそう言ったのだった。

最果ての地、アオモリ。

そしてその地に咲き誇る、視界を埋め尽くさんばかりの満開の桜花——。


イロハの顔が、パッと輝いた。

「見る——見るぞ！　私はヒロサキに行くのだ！　そしてそこで星のように美しいサクラを見るのだ！」

イロハの元気な声に、オーリンが「決まりだな」と頷いた。

やったぁ！　とぴょんぴょん小躍りするイロハは、やっぱり大公息女というよりは、年相応の女の子に見えた。

「それでは——改めてよろしくだ！　オーリン、レジーナ、そしてワサオ！　この私、イロハ・ゴロハチ・ズンダー十四世が仲間になれば百人力ぞ！　光栄に思うがよい！」

その言葉とともに鼻息荒く胸を反らしたイロハを見て、オーリンが苦笑気味にレジーナを見た。レジーナも思わずつられて笑ってしまうと、ワンワン！　とワサオが嬉しそうに尻尾を振り回した。

「さ、そうど決まればとっとと行ぐか。ヴリコまでは遠いがらな——」

オーリンがそう言って歩き出そうとした時だった。「あ、ちょっと待て！」と急に真顔になったイロハがそう言い、オーリンが振り返った。

「その、な」

「なんだや？」

「ま、まぁ、マツシマでそなた、私の頭を、その――慰撫したではないか」

「はぁ？　イブて？」

「なっ、なにを今更とぼけておる！　慰撫は慰撫だ！　それで」

「はぁ」

「まぁ、その、なんだ――」

　イロハはそこで多少何かを持ち直した表情になり、偉そうに腕を組み、冴えた表情で言った。

「この大公息女の頭を犬コロ同然に慰撫するとは――無礼千万と言えば無礼千万の所業、衆目環視の状況下であれば不敬も不敬として素っ首叩き落とされて然るべき、常軌を逸し切った不埒の所業には違いないであろう。だが正直、あの時私はそなたの行動に悪い印象は抱かなんだ。多少嬉しかったとさえ言ってやってもよい。そなたがその気であるなら、また折を見てこの頭、慰撫されてやることにやぶさかではないが――どうだ？　よく考えて返答するがよい」

　よくもここまで巧みな言い回しができるもんだと感心するほど、イロハの言葉は遠回しで、素直ではなかった。レジーナとオーリンは顔を見合わせ、ワサオが発するハッハッという呼吸音だけが宮殿の廊下に響き渡った。

　しばらく沈黙して――その沈黙に耐えきれなくなったのはイロハだった。だあああ！　とむしゃくしゃしたようにイロハは地団駄を踏み、プイッと顔を背けてしまった。

「もうよい！　今言ったことは忘れろ！　まったく、このニブチン冒険者め……！」

「なんだ、要するに頭ば撫でろってごどがい」

　ぽんっ、とオーリンの右手がイロハの頭に乗った途端、イロハの顔がポポッと紅潮した。

「よーすエロハ、今日がら俺(わ)どレズーナがお前(な)の兄貴ど姉貴だ。こんたのでよげれば何度でも撫ででけるっきゃの」

　ぐりぐりぐりぐりぐり、と美しい金髪をもみくちゃにするかのように、オーリンの手がイロハの頭を撫でた。

　何も言うことなく、赤面したまま黙って頭を撫でられているイロハが物凄(ものすご)く可愛(かわい)く思えて、だんだんレジーナも辛抱たまらなくなってきた。

「おいレズーナ、なにぼさらどすてんだば！　お前(な)もエロハの頭ば撫でろ！」

「はいっ、喜んで！」

「な、いやそこまでは……！」

「よぉ〜〜〜しよしよしよし！　イロハ、これからよろしくね！」

「よぉ〜〜〜〜すよすよすよす！　可愛い子可愛い子！」

「なっ、や、やめんか！　髪が、髪が絡まる！　なにもここまでしろとは言っとらん！　やめんかたわけども！　ワサオ、顔を舐めるでない！　んあああああ‼」

二人と一匹がかりでもみくちゃにされたイロハが悲鳴に近い声を上げるのが、しばらく宮殿の廊下を騒がせ続けた。

ズーズー弁丸出しの無詠唱魔導師と、その【通訳】を務める新人回復術士。

彼らが初めて迎えた人間のパーティメンバー、《大公息女》イロハ・ゴロハチ・ズンダー十四世。

彼らが生きた時代より更に後、東と北の間より集いし六人の賢者たち――通称「東北六賢」と称され、伝説となる最初の一人が、こうして無事パーティに加入した。

エピローグ

ベニーランド

「プリンセスはいたか⁉」

「いいや、こっちにはいない！　あっちは探したか⁉」

「当然だ！　くそっ、どこに行ったんだ……！」

数人の《金鷲の軍勢(ゴールデン・イーグルス)》たちが大声を上げて騒いでいるのを、レジーナたちは物陰でやり過ごしていた。

イロハが消えたことにより、既に宮殿内の騒ぎは大きくなり始めているようだった。

無骨な男たちが行き過ぎた後、オーリンが小声で言った。

「おいエロハ、もう一度訊(き)くども、本っ当にこいでいいんだな？」

「ああ――」

イロハは力強く頷(うなず)いた。

「一応、しばらくズンダーを留守にするという書き置きと手形は残してきた。もしそなたらが万一捕縛されるようなことがあった場合は、私が超法規的にそなたらを解放させる。その場合はそなたらだけでベニーランドを出よ、よいな？」

そう言ったイロハを振り返らないまま、オーリンは「馬鹿こげ」と素っ気なく否定した。

「一度連れて行ぐって喋たんだ、俺らだけでベニーランドを出はれるわけねぇびの。その時は俺が力ずくでも追っ手ば撒いてやる、心配するな」

一息にそう言ったオーリンに、一瞬驚いたような表情を浮かべたイロハは、やがてフッと笑った。

「正気か？　そなたはベニーランドを全て敵に回しても私をここから連れ出してくれると？」

「なも。昔っからお姫さんづうのはそうすてお城がら連れ出すもんだべ。相場が決まってるってだげよ」

「ふぅん……オーリン、そなたのことはただの田舎者だとばかり思っていたが、なかなかどうして洒落たことを言ってくれるではないか」

「褒めでくれでどうも。多少上がら目線だどもな」

「しっ！　誰か後ろから来ます！」

レジーナが言うと、二人はお喋りをやめて物陰に張り付いた。どたどた……と甲冑の足音が行き過ぎた瞬間を見計らい、三人と一匹は物陰から這い出した。

「エロハ、どっがらベニーランドば出る⁉」

「まずは宮殿を出た後、川を渡って北を目指す！　大通りならば人通りが多くて紛れるのも容易いはずだ！　ストリート・ジョーゼンジを目指そう！」

「アエキタ！　先導はお前に任せだどぅ！」

しばらく、深夜の人気のない廊下を走る。

イロハが消えてからまだ時間が経っていないためか、宮殿のこの区域には追手がまだ来ていないとみえて、静かなものだった。

イケる、このままなら――と思いながらレジーナたちが角を曲がった、その瞬間だった。

あ、という声が向こうから発し、全員がぎょっと立ち止まった。

そこにいたのは、警備の兵士二人――悪いことに、バッチリと目が合ってしまった。

しまった――レジーナは舌打ちしたい気分だった。彼らが仮にイロハの捜索に駆り出された兵士でないとしても、客人であった冒険者がプリンセスを連れて歩いているのだ。こんな深夜にどこへ行くつもりだ、と詰問される可能性は十分にあったし、事実そうするのが彼らの仕事だろう。

くっ、と奥歯を噛み締めたオーリンが右手を掲げようとするのを、「待て！」とイロハが止める。この状況をなんと言い訳をするつもりなのか、イロハは覚悟を決めたような表情で一歩前に進み出た。

と――その時だった。

急に、目の前にいた二人の兵士がこちらから視線を離し、無言で明後日の方向を向いてしまった。

え？　と呆気にとられているレジーナたちの前で、兵士二人は不自然極まりない態度で首筋に手をやったり、かすれた口笛なぞを吹いたりし始める。

何が起こっているのかとんとわかりかねているレジーナたちを無視して、兵士たちはやがてくるりとこちらに背を向けた。

「行こうぜ」

「ああ」

なんだか、こちらに聞かせているかのような不自然な大声を上げて、兵士たちは廊下を曲がってどこかへ消えていった。

しばらく、誰も何も言えなかった。

それはまさしく『私は何も見ていません』のポーズそのもので、わざとらしいにも程がある行動だった。

一体何が――とぽかんとして、三人は視線を交錯させた。

「いたぞ！　なんとしてもプリンセスを確保しろ！」

急に――背後から大声が聞こえて、三人は驚いて振り向いた。十数人の《金鷲の軍勢》が手に手に武器を持ち、なんだか殊更な大声を上げて迫ってきていた。

「やべぇ！　逃げるべぁ！」

オーリンのその言葉をきっかけに、三人はまた走り出した。

走りながら——どうにもこれはおかしい、とレジーナは思い始めた。

いくら深夜だからとはいえ、いくらなんでも人と会わなすぎる。

人とすれ違わないどころか、各所各所で警備の兵すらほとんど見かけない。

宮殿という場所が普段どのように警備されているかなどレジーナにはわからないが、これではまるで侵入者に入ってきてくれと言っているも同然のザル警備ではないか。

それに、さっきの兵士たちの挙動——アレは考えるまでもなく不自然だ。まるでイロハがベニーランドを出ていくことを知っている、否（いや）、それどころか、どうぞこの宮殿を出ていってくれと言わんばかりの態度だった。

一体全体、何が起こっているんだろう。

そう考えているのは、オーリンも、そして当事者であるイロハも同じようだった。

何だか釈然としないような表情を浮かべながらもしばらく走って、宮殿の正門がある区画、宮殿の南側に来た。

「エロハ、正門から出んのが⁉」

「どうも他の出入り口は既に警備が固められているらしい！　方法は考えておらんが、とにかく正門を突破するしかない！」

「わい、本気がよ！　どう考えても無茶（むちゃ）でねぇのが！」

「ああ、無茶も無茶だな！　しかし――」

イロハはそこで口を閉じ、何かを考えるかのように視線を下に落とした。

さっきの兵士たちの不自然な行動の真意を考えているのか、あるいはもっと違うことを考えているのか。

とにかく沈思するイロハにそれ以上尋ねるわけにもいかず、三人は正門の前まで来た。

広い、否、広大であるとさえ言える宮殿のエントランスまで来た。

一旦物陰に身を隠し、エントランスの様子を窺う。

場所が場所だけに、流石に警備の兵たちがいたが――再びここでレジーナたちは不審な状況を見ることになった。

やっぱり、何かがおかしい。

人が多い――否、今度は多すぎる。

見たところ、エントランスの広大な空間には、様々な服装をした人々が数百人もすし詰めだった。

しかもまるで誰かを迎えるかのように、エントランスから敷かれた赤い絨毯の両脇に整然と並び、沈黙している。

その脇を固めるように、兵士ではない侍女たちやメイドたち、そして料理人姿、宮殿で働いているのだろうありとあらゆる人間がずらりと並んでいるのは一体どういうことなのか。その中にはさっきまでレジーナたちの面倒を見ていたあの口ひげの男までがいて、意図の知れぬ無表情でぼんやりと天井を見上げていた。

まさかこんな深夜に来客予定があるわけでもないだろうに、その場に居並んだ人間たちは確実に何かを待っていた。

思わず息を呑んだレジーナの横で、オーリンが流石に動揺した表情を浮かべた。

「おい、エロハ――！」

「ま――待ってくれ！」

まさか、と言いたげな表情で、イロハが物陰から這い出た。

「おっ、おい！」というオーリンの声も無視して、イロハはおっかなびっくり、広いエントランスの只中に出ていく。

居並んだ人々は――無言だった。

それどころか、誰一人イロハと目も合わせようとしない。

まるでイロハが透明人間にでもなったかのように、徹底してイロハを無視している。

なんだ、一体何なんだ。

まるで悪趣味な喜劇のような光景に、レジーナはオーリンと目を合わせた。

「行っても――いいってことですかね」

レジーナが思わず口に出すと、えっ、とオーリンが驚いた表情を浮かべた。

返答を待たず、レジーナも立ち上がり、きょろきょろとしているイロハの背後に近寄った。

相変わらず、エントランスの広間に居並んだ人々は微動だにしない。

その様子を見て、やっとオーリンも物陰から這い出てきた。

「行こう」

覚悟を決めたイロハが、そう言った。

まるで切り通された道であるかのような赤い絨毯を踏み、きょろきょろと辺りを見回しながら、三人は人々の間を歩いた。

巨大な正面入り口の扉の前に来た。

口ひげの男が進み出てきて、両脇を固めた兵士たちに目だけで何かを指示する。

その途端、扉が兵士たちによって開かれ――真正面に、百万都市ベニーランドの美しい夜景が一望できた。

思わず、レジーナたちは口ひげの男を見た。
口ひげの男はまるで三人を外へといざなうかのように手を差し上げ、無言で微笑(ほほえ)みを浮かべた。

いってらっしゃい。

口ひげに半ば隠された唇が、声を出さないまま、そう動いたように見えた。
それを見て、まるで感電したかのようにイロハの小柄が硬直した。

と、その時。レジーナは背後を振り返って――あ、と声を上げた。
固まっているイロハの肩を叩(たた)いて背後を振り返らせた先で、居並んだ人々が一斉に床に跪(ひざまず)き、無言のまま、恭しく頭(こうべ)を垂れた。

イロハの出立を謹んで祝うかのような、無言のメッセージ――。
その圧倒的なメッセージを受け取ったイロハの息が、震えた。

「行ってくる――」

イロハが、震える声でそう言った。

「行ってくる——行ってくるぞ、皆のもの！　私は必ず帰ってくる！　それまでにきっと留守を頼んだぞ！　見送りご苦労、いや……ありがとう！　ありがとう、みんな——！」

言葉は、それ以上続かなかった。

全員が無言のまま顔を上げ、イロハに微笑みかけた。

ぶるぶると震えながらそれを見ているイロハの肩を、レジーナは叩いた。

「行きましょう」

イロハが何度も頷いた。

そのまま、三人は広い正門前の石畳を抜け、夜のベニーランドに向かって駆け出した。

◆

「貴公は見送りに出なくてよかったのか」

将軍——豊かな黒髪の男が、相変わらず食事をやめない金髪の男——執政に水を向けてみた。

ぴたり、と食事の手を止めた金髪の男は——野太いため息をついた。

「——我々が出たのでは、プリンセスの決意が揺らぐかもしれんだろう。ここで彼らを見送るぐらいがちょうどいい」

そう言って、金髪の男は窓の下を見つめた。

そこには、正門まで続いた広い石畳を、まるで子供の徒競走のように必死になって駆けてゆく三人の若者の姿があった。

その背中を静かに見送っている金髪の男の横で、今度は黒髪の男が手元にある一枚の紙を見つめた。


『しばらく留守にする。万事そなたら二人に任せた——イロハ』


相変わらず汚い字——否、普段よりももっと汚い字だった。

文字には、ペン先が何度も何度も紙を突き破った跡があった。それどころか、中には二、三箇所、ペンが折れたと思しき逸脱がある。自身に発現した【怪腕】のスキルをまだ使いこなせていないのは明らかだった。きっと何度も何度も、力加減のわからない手で、苦労しながら書いたのだろう。

その下に赤いインクで捺された小さな手形を見つめて、黒髪の男はフフッと笑声を漏らした。

子供の頃は紅葉のような掌だと思っていたのに、いつの間にか随分大きくなったらしい。

いな――。プリンセスが子供の頃は、頭によじ登られ、この掌に髭を引っ張られるわ髪の毛を引き抜かれるわ、随分痛い思いもしたものだ。

　それが今や立派に成長し、我々を振り切って広い世界に出ていこうとするなんて――子供の成長速度というのは本当に侮りがたいものがあった。

　紙を脇に避け、足を組んで天井を見上げた黒髪の男に――不意に、金髪の男が言った。

「我々は――良い父親代わりではなかっただろうな」

「どうしたのだ急に」

　いつになく感傷的な一言に、黒髪の男は半笑いの声で応じた。

「先王は父子の情など解さない、冷酷なお方だった。あの子は父も母も知らずに育ったようなものだ。大公の死後は、せめて我々がその代わりになれればよかったのだろうが――」

「冗談はよせ。貴公のその仕事で何人殺めてきたかしれぬ顔で父親など。悪い冗談だ」

「貴公こそ、趣味で何人殺めてきたのかしれぬ顔をしておるではないか」

「ちょっと何を言っているのかわからないのだが」

「とぼけるな。何を言っておるのかわかっているはずだぞ」

　いつになく真剣な口調で否定されて――黒髪の男も流石に観念した。

　ぼんやりと天井を見上げながら、黒髪の男は深く頷いた。

「ああ、わかる。貴公の言っていることは——よくわかるともさ」

この十四年、プリンセスであるイロハと過ごした時間が、走馬灯のように駆け巡っていた。

その思い出をひとつずつ思い出しながら、黒髪の男は再び口を開いた。

「父親であれば、頭のひとつも撫でてやればよかったのだろうがな。生憎我々は君と臣の関係だ。そう簡単にできるものでもない。本当の父子であればそうもしたのだろうがな——」

金髪の男は無言だった。豪勢な食事を前にして、まるで虚脱したかのように空を見上げている。このまんじりともしない空間で食事しても、普段通りに虚無とはならないことを理解したのだろうか。

「それが今や、あの子は立派に成長した。スキルの話だけではない。己で信頼できる仲間を見つけ、このベニーランドを出てゆく決意すらできるようになった。あんなに小さかったのにな。ベニーランドどころか、宮殿の外に一歩出るのも躊躇う臆病な子だったのに——」

広い正門前通路を駆けてゆく背中が、夜の闇に消えていくところだった。

しばらく寂しくなるな、と考えた金髪の男は、何度か無言で頷いた。

と——その時だった。コンコン、と部屋をノックする音が聞こえた。入れ、と令すると、口ひげの男が恭しく腰を折った。

「ええ、プリンセスは行ったようだな」

「プリンセスは元気に出ていかれましたとも。ご覧になったでしょう？」

口ひげの男は柔和に微笑(ほほえ)んだ。

そうだな、とひとまず安堵(あんど)のため息をついて、金髪の男は口ひげの男を見た。

「万事、準備に抜かりはないな？」

「はい。既にベニーランド中がプリンセスの登場を待っていることでしょう」

「そうか。それでは――始めてくれ。プリンセスを盛大に送り出すのだ」

はい、と応じた男は、それきり無言で部屋を出ていった。

ほう、と何度目かのため息をついた金髪の男は、この数日間の騒動を思い起こして、思わず額に手をやって失笑した。

マツシマから帰ってきたプリンセスが、あの二人の冒険者についていきたがっているのは明らかだった。きっとマツシマでそれなり以上に成長した彼女は、もっともっと広い世界を見て歩きたくなったのだろう。

随分頭を悩ませもしたが――あの子が幼い頃から一度言い出したことは絶対に曲げない強情者なのはわかっていた。

将軍と二人で考え、それならばこれ以上なく盛大に送り出してやろうではないかと決めてから、はや七日になる。彼らが離宮で疲れを癒やしている間、二人が計画した見送りの案は——ベニーランド全体を巻き込む盛大なもの、実にウマーベラスなものになる予定だった。

こんな馬鹿馬鹿しいことを、たった一人のために、大真面目に企画した自分たちの親バカさ加減——。この厳つい体軀と風貌でこんなことを考えたのが誰かに知れたら、きっと大笑いされるに違いなかった。

くくく……と失笑した金髪の男は、大きく息を吸い込んだ。

「あまり感傷にも浸っておられんぞ、将軍。あの子が帰ってきた時には、万事が平和でなければならんのだからな」

「わかっているさ、執政。我々は留守を預けられたんだ。あの子の帰る家は我々が護らねばならん。そうだろう？」

二人は顔を見合わせ、へらへらと笑い合った。

こうして執政と将軍という関係になって、もう何年になろうか。

相棒、親友、相方——それだけでは推し量れない関係であるお互いを見つめるうちに、それでもどうしようもない、我が子同然の存在が巣立っていったことへの寂しさが湧いてきた。

その寂しさに突き動かされるようにして、金髪の男は少し大きな声で言った。

「世の中に寂しいことは数多あるが、一番寂しいのは——」

金髪の男は目を閉じて、一心不乱に夜に駆けていった小さな背中を目で追った。

「——可愛い娘が旅立っていった時だな」

「間違いないな——」

その中に二人の男の一抹の寂しさをも溶け込ませながら、ベニーランドの密やかな夜は更に更けていった。

◆

宮殿のある『アヤメ咲く大山』を降り、ベニーランドの市街地へ。

ヒロセ・リバーの流れる岸辺を眼下に眺めながら東に折れた後は、バンスイ・ストリートを北上し、ベニーランド最大の目抜き通りであるジョーゼンジ・ストリートへ入ろうとする。

「急げ！　兵士に見つかったら事だどぅ！」

オーリンが大声を上げる。

思えば、三人は宮殿からここまでほぼ走り通しだった。

既にかなりの距離を走っていたはずだった。

実際、足も重いし、息も切れていた。

けれど——何故かその時のレジーナは、もっと長く、もっと早く走れる気さえしていたのだった。


街は、奇妙に静かだった。

まるで人払いがなされているかのように、すれ違う人すらまばらだった。

王都を凌ぐ百万都市の夜がこんなに静かなはずはなかったが——その時のベニーランドはまるで人が消えたかのようにしんと静まり返っていた。

息を切らし、背後に追手の気配がないことを確認しつつ、ジョーゼンジ・ストリートに入った途端だった。

まるで夜空を埋め尽くす綺羅星のような輝きが迫ってきて、三人はあっと足を止めた。

「なんだや——これは——？」

あまりの光景を前にして、オーリンが呆気にとられたように空を見上げた。

そこにあったのは、視界を埋め尽くさんばかりの光の数々。

通りに植えられた、欅とおぼしきどっしりとした木々の枝が――美しい黄色の光に彩られ、物凄い輝きを放っている。

まるで銀河の只中に直接放り込まれたかのような、魂さえ奪われそうな美しい光景に、三人は追われる身であることも忘れ、しばしその光を眺め続けた。

「どうして――」

イロハが、綺羅星のような光を見上げて呆然と呟いた。

「この光――魔法の光だ。ベニーランドの未来を祈る光の回廊――。冬に、冬に一日だけ灯されるページェント……それがどうして今――？」

イロハがそう言った途端だった。

「いたぞ！　プリンセス・イロハ、どうぞお戻りを――！」

その声に、ぎょっと三人は振り返った。

今までどこに隠れていたのか、十数人の《金鷲の軍勢》たちが数百メートルほど後方から迫ってきていた。どたどたと、何だか気が抜けたような足音を立てながら駆けてくる兵士たちを見て、頷き合った三人は光の只中に飛び込んだ。

視界全てを埋め尽くす美しい黄色い光の只中を、レジーナたちは必死になって駆け抜ける。

走っても走っても、まるで渦を巻くかのような光の奔流は終わらない。

あまりの美しさに目が眩むようだった。

「プリンセス！　プリンセス・イロハ！」

と、その時——流れていく通りの陰からそんな声がして、はっと三人は声がした方を見た。

そこにいたのは太り肉の婦人だった。婦人は子供のかけっこのように走るイロハに向かって微笑むと、両手を口に添えて大声で叫んだ。

「プリンセス、いってらっしゃい！　しっかり食べて大きくなるんだよ！」

え——？　と驚いたような表情を浮かべるイロハに、次は別のところから声がかかった。

「プリンセス、どうぞご無事で！　ベニーランドから祈っておりますからね！」

なんだこれは。一体どういうことなんだ？　イロハだけでなくレジーナも驚いているうちに、通りに面した家々の窓や扉が次々と開き、そこから大勢の人たちが顔を出して、走るイロハに声援を送り始める。

「プリンセス、いってらっしゃい！　無茶だけはするんじゃねぇぞ！」

「プリンセス・イロハ！　疲れたらいつでも帰ってきていいんですからね！」

「あんたたちも！　私たちのイロハちゃんを頼んだよ！　任せたからね！」

「イロハ、イロハ様！　辛いことがあっても絶対に負けちゃダメだぜ！」

「ちょっと見ない間にすっかり大きくなってまぁ！　プリンセス、頑張るんだよ！」

「プリンセス、どこに行ってもベニーランドを忘れないでくださいね！」

「いってらっしゃい」の声援は、まるで流星群のようにレジーナたちに降り注いだ。

　まるで自分たちの到着を手ぐすね引いて待っていたかのような声援が、徐々に重くなっていく足を動かし続ける力になった。

「おい、エロハ、エロハ、エロハって！」

　はっ、はっ、と、息を切らしながら、オーリンが空を見上げた。

「エロハよ、お前は凄ぇな、こったにみんながら可愛がらえで――！」

　ぐっ、と泣きそうな顔でイロハが俯いた。

　もはや投げかけられる愛情に怯えることもなくなったイロハは、雨あられのような声援に向かって右手を掲げた。

その途端、わぁっと、まるで地鳴りのような拍手が沸き返り、光の回廊を揺らした。

光に包まれたジョーゼンジ・ストリートを抜け、ベニーランドの郊外へ向かう。

酸欠で、貧血で、疲労で――もういつ倒れてもおかしくないほどだった。


頭のてっぺんからつま先まで汗だくで。

それなのに道行く人々の声援は途切れることがなくて。

崩れ、地面に転がりそうになるたびに、人々の声援が励ましてくれる。

その声に支えられるようにして、レジーナたちは夜のベニーランドを走り続ける。


不意に――ばさっ、という羽音が発して、レジーナたちは顔を上げた。

満天の星が煌く夜空を――巨大な影が横切った。

「マサムネ――！」

イロハが汗だくの顔で叫んだ。ぶわん、と周囲の空気を撓ませながら、隻眼の聖竜――

マサムネは虚空に留まり、鎌首を曲げてイロハを見下ろした。

「幼きプリンセスよ、しばしの別れだな」

「ああ、行ってくる！　マサムネ、そなたにも留守を頼んだぞ！」

イロハの力強い応答に、マサムネは嗄れた、まるで地の底から響くような声で「任せてもらおう」と応じる。

「そなたがどこへ行こうと、そなたがここへ帰るその日まで、我はこの都を永遠に護り続けようぞ。我が友、オーリン殿、そしてレジーナ殿、そしてワサオよ——我らがプリンセスのことを頼んだぞ」

「ああ、あんだにもすっかど世話になったなや！　マサムネ、きっとまだ会うべしよ！」

「マサムネさん！　あなたもきっとお元気で！」

「ワウワウ！」

オーリンとレジーナが大声を上げると、爬虫類のようなマサムネの目が細まった。

笑っている——レジーナにもそのことがわかって、思わず笑みが漏れてしまう。

「幼きプリンセス……ズンダーの名を、そしてズンダーの未来を紡ぐ者よ。どうか健やかにあれ——」

それを最後に、マサムネは大きな羽音を立て、夜の空へ吸い込まれていった。

凄い——レジーナは走りながら空に浮かんだ魁星を見上げた。

まるでこの百万都市全体が生き物として声を上げているようだった。

人々が、マサムネが、光が、空に浮かんだ星たちでさえ。

走り続けるレジーナたちにしばしの別れと、そして精一杯の声援を送り続ける。

〝いってらっしゃい〟――。

◆

一体、自分たちはどれだけ走ったのだろう。百万都市の灯が遠くに去った辺り、街の喧騒も遥か後方に過ぎ去る辺りに差し掛かった。全力疾走が走りになり、走りが小走りになり――やがて誰彼ともなく歩きになった。もう一歩も走れはしない。

「よし――ここまで来れば……追っ手は大丈夫だろう……」

イロハがそう言うと、オーリンが膝に手をついて咳き込んだ。

いつの間にかレジーナたちはベニーランド郊外の、小高い山の中へ差し掛かっていた。思えばあれだけ明々としていた街の灯もすっかりと消え、代わりにささやかな星の光だけが唯一の光源になっていた。

「あー、疲れた。こいっだけ走ったのは生まれで初めでだっきゃの。よぐもまぁ……ぶっ倒れねがったのぉ」

オーリンがローブの裾で額を拭いながら言った。

レジーナも、頬に張り付いた髪の毛を指先で払いながら胸を押さえた。

そのままじっとしていると――しばらくしてようやく普通に呼吸ができるようになって

きた。

　しばらく、全員が無言だった。

　咳き込んだり、洟を啜ったりしていると——不意に、オーリンが呟いた。

「なんだがさ、俺たち、好き勝手逃げでるように見えで——実は上手ぐ追い立てられだんでねぇが」

　イロハが、顔を上げた。

「あの兵士たちもさ、本当に俺たちを捕まえる気であったんだべが。なんだがそこらじゅうでタイミングよぐ兵士たちが出はってきて、そいなのに捕まらねぇで……なんだか、奇妙だと思わねがったがよ」

「それは——まぁ、確かに——」

　そのオーリンの言葉に、レジーナも流石に不審に思った。

　あの宮殿の見送り、そしてジョーゼンジ・ストリートを埋め尽くす光、そしてあの声援——。まるで自分たちがそこを駆け抜けていくことを事前に想定していたかのような、盛大な見送りだった。自分たちはある一点に向かって、まるで勢子に追い立てられた獲物のウサギのように意図的に追いやられたのかもしれない——そう、今自分たちがいる、このなにもない小高い山の上へと。

一体こんな場所に追い立てて、何がしたかったんだろう――。

きょろきょろと辺りを見回していたレジーナの目が、遥か下のベニーランドの方を向いた瞬間――あっ、とレジーナは声を上げた。

「ん？　どうしたのだレジーナ？　何か城下に……」

そう言って不審げに城下を見下ろしたイロハの身体が――はっきりと震えた。

しばらく――何も言えなかった。

オーリン、そしてワサオまで――眼下に見えるベニーランドの夜景に釘付けになった。

あまりに圧倒的な光景に、誰もが息を呑んでいた。

一体どれだけそうしていたのだろう。

グスッ、と、洟を啜る音が闇の中に聞こえ、レジーナは隣を見た。

「みんな――」

そう呟くのが精一杯だっただろう。

それはあまりに壮大な見送りの光景——まるで光の魔法が創り出したかのような、奇跡的な光景だったのだから。

この光景を自分たちに見せるためだけに、一体どれぐらいの人が協力したのだろう。

宮殿、兵士たち、街の人々——全てが力を合わせて紡ぎ出したのだろう、壮大な、壮大すぎる旅立ちへの言葉——。

その言葉をしっかりと受け止めたらしいイロハの目から、ぼろぼろ——と、あっという間に大粒の涙が溢れ、頬を伝って地面に落ちていった。

レジーナは思わず、揺れるイロハの肩を支えた。

オーリンがイロハの頭を乱雑に撫で、静かに言う。

「見ろじゃエロハ。ベニーランドがよ、お前にいってらっしゃいって言ってらじゃ」

その言葉に、嗚咽はますます大きくなった。

イロハの頭が揺れ、何度か大きく息を吸ったり吐いたりして——イロハが深く息を吸い込んだ。

「みんな——行ってくる！」

街の灯に向かって、イロハが大声で叫んだ。

「行ってくる——必ず、きっと帰ってくる！　ありがとう、忘れないぞ！　たとえどこまで行っても、私の、私の故郷はここだけだ！　私は、私はそなたたちのことを絶対に忘れないぞ——！」

それだけ言うのが精一杯だったのだろう。

わああっ、と、堰（せき）を切ったかのようにイロハが泣き始めた。

「なんだやエロハ、泣ぐなって。みんな心配（あんづる）するべや」

「痴れ者（しれもの）が！　私は泣いてなどおらん！」

ひっぐひっぐ、と、盛大な嗚咽を漏らしながら、イロハは全世界に宣言するかのように叫んだ。

「ズンダーの大公息女（プリンセス）は泣かん！　泣くものか！　大公息女は、プリンセスは強いのだ！　プリンセスは……私は……わああああああああん！」

体の水分の一切を振り絞るようにして。

愛らしい顔を涙と鼻水でべちゃべちゃにしながら。

イロハは泣かぬ泣かぬと叫びながら泣き続けた。

あまりに強情なイロハに、思わずレジーナはオーリンと顔を見合わせて苦笑してしまった。

遥か眼下に広がる夜景――その夜景が、不思議な模様を描き出していた。

美しく弧を描き、整然と並んだ九つの円――。

まるで空に浮かぶ星々が整列したかのように、黄色く輝く街の灯。

どこまでも暖かな光が描き出した、それはそれは巨大な《クヨーの紋》だった。

どこへ行っても、たとえ地の果てまで行こうとも。

この街の灯（ひ）を、この紋章を、故郷（ふるさと）を決して忘れないで――。

揺らぐ大気のせいでまるで星々のようにちかちかと瞬く光が、オーリンに、レジーナに、そして誰よりもイロハに、穏やかに笑いかけていた。

〝いってらっしゃい〟

終幕

キガサッタ・フト（聞こえし者）

「知っての通り、先日、我らが兄弟アルフレッド・チェスナットフィールドが身罷った」

そこは――何もない空間だった。

人も、光も、物体も、塵埃でさえ何もない、世界からまるごと切り取られたかのような闇の空間に、ただ朗々と声だけが聞こえ続ける。

「我らが兄弟を失うは十指のうちの一本を失うが如し。我らは謹んでその死を悼む。兄弟よ、どうか我らが神の御許で安らかにあれ――」

嗄れた声でなされた弔事の後、小馬鹿にしたような女の笑い声が混じった。

「どうせ彼のことだから、いつもみたいに大袈裟に自分の出自を嘆いて死んでいったんでしょうね。情けない男――」

ケラケラと、女の声は嗤った。

「どうして彼はああも卑屈だったんでしょうね？　せっかく受け入れてくれる人がいたのに、いつまで経っても自分から光の方に歩いていこうとしない臆病者だった。あんなに綺麗な顔してるのに性格はウジウジで最悪、勿体ないったらありゃしないわ」

「口を慎まんか」

別の声が女の声を叱責した。

「今日は通夜の席ぞ。兄弟の死を嗤うことは許さぬ。彼も等しく正しき神に愛された者だったのだぞ」

「へぇ、その愛された者が命令違反なんかするのか」

再び、別の声が茶化すように割り込んだ。

「あいつは一人で勝手に暴走して勝手にくたばっただけだ。誰もベニーランドの民を皆殺しにしろなんて言ってねぇ、アイツの役割は国王家の視線を俺たちから逸らすことだけ、つまり陽動だろうが。なのにアイツは与えられたスキルをちょろまかして、自分のための復讐に利用した。それこそカミサマへの冒瀆ってもんじゃねぇのか、え？」

荒々しい口調で吐かれた正論に、しばし空間は沈黙した。

そう、彼ら『兄弟』の一人——アルフレッド・チェスナットフィールドは、事実だけを見れば間違いなく暴走していた。彼らが信じる神より与えられたスキルを悪用し、個人的な復讐を成し遂げようとし、しかもそれを阻まれてしまった経緯は、この場の全員が知っている。血よりも強い絆で結ばれているはずの一人が、個人的な復讐などという情けない行為に走ったということ自体、少々認めたくないことではある。

再生なき破壊——それはこの場にいる全員が最も忌むべき思考であり、してはならぬことだとわかっていて然るべきだ。彼は自分の身に余る力を手に入れた途端、その力に呑まれてしまったと考えて間違いなかった。

　ハァ、と、呆れたような野太いため息が空間を震わせた。

「確かに――我らの使命は、彼には少々重すぎたのかもしれぬ」

　声が、心底後悔するような色を帯びた。

「今一度確認する。我ら殉教者の使命は、破壊ではなく再生――世界の更新だ。各自、それはわかっておるな？」

　その問いに、無言が応えた。

「我々は穢れた神から世界を奪還し、広くその教えを述べ伝えんとする者だ。世界を正しい形に更新させる――それこそが我々の、我らが信ずる神の望まれることだ、そうであろう？」

「それもどうなんだかな。正直、カミサマの方にその気があるのか？　何せ、俺たちのカミサマは何を言ってるのかわかんないんだからな」

　皮肉で答えたのは若い男の声だ。

　その声に、嗄れた声が少し沈黙した後、「間もなく、そうではなくなる」と声を発した。

「我らが兄弟の死は決して無駄にはならなかった。彼はその命と引き換えに、遂に見つけたのだ」

一瞬――場に息を吞むかのような沈黙が落ちた。

「何だと――？」

「それはどういう意味よ？」

「おいおい、まさか――」

「ああ」

声が、はっきりと嗤った。

「アルフレッドが死の間際に報告してきおった。『聞こえし者』を見つけたと――」

その報告に、ほう、と誰かがため息をついた。

まるで匣のような空間が、更にしんと冷やされたかのように感じられた。

聞こえし者――彼らがそう称する、ある特殊な力を持った人間。

彼らが、彼らと志を同じくする者たちが、何百年、或いは何千年の間、待ち続けた存在――。

それが、今この時代に、己が目の前に現れたのだと――アルフレッドは死の間際、嬉々としてそう報告してきたのだ。

「聞こえし者、って――！　それじゃあ――！」

「ああ。新たな約束の時は近い、ということだ」

その声は、明らかに楽しげに聞こえた。

「兄弟たちよ、穢れし偽りの神との大戦は近いぞ。そうでなければやつが聞こえし者を地上に降ろしたりするものか」

　嗄れた声が一息に喋った。

「そして、我らは遂に我らが正しき神の正しき教えを聞くことができるようになる。千年間、我々の悲願だったことがようやく達せられる。正しき教えを、神の御心のままを、再び地上に遍く知ろしめる日がやってくる――」

　その言葉に、匣の中が俄にざわついた。

　ざわめきが収まってから、男の声が言った。

「さて、そうと決まれば俺たちもボヤボヤしてられねぇな。そんで――誰が『聞こえし者』を迎えに行くんだ？」

　興奮に逸った男の声を、声が窘めるように応えた。

「現時点ではその儀には及ばず。我らが神より必ずや取り計らいがあるはず。穢れた神を調伏し、世界を更新するための機会は――必ずや我らが神によって用意される。焦るべからず、今はそれをただ待つべし」

「あらあら、随分呑気ね。聞こえし者は私たちの味方って決まったわけじゃないのよ？　千年前と同じように偽りの神に奪られちゃわないかしら」

「ああ――その過ちだけは繰り返さぬようにしたいものだな」

誰かの声がふふふと笑った。

そう、二度と過ちは繰り返さない――穢れた偽りの神に地上の支配を許してしまった、あの千年前の過ちは、二度と。

「よいか、我らが神の、そして我らの悲願成就の日は近い。兄弟たちよ、ゆめゆめそれを忘れるな。通達は以上。我が同胞たちよ、運命の来る日まで健やかにあれ」

言うべきことは言った、という声で、声が告げる。

それきり匣の中には沈黙が落ち――再びしばしの静謐の中に沈んでいった。

そう、この陸奥の地に語り継がれる冒険の物語が、今、動き出そうとしていた。

あとがき

はじめましての方ははじめまして。そうでない方はお久しぶりです。佐々木鏡石です。

この度は『じょっぱれアオモリの星』第二巻をお読みいただき、誠にありがとうございます。第一巻は本当に角川スニーカー文庫から出ました。出ていました。私が『小説家になろう』上陸時に永遠の目標としていた憧れの綺羅星、アーリャさんことアリサ・ミハイロヴナ・九条氏の隣に割とアッサリ拙作の第一巻が並べられていました。「これが本当の『隣のアーリャさん』だ！」と意味不明な興奮を抑えられず、何度か書店で奇声を発しましたとも、はい。

さて、第一巻あとがきでもお話ししたのですが、この小説は『小説家になろう』上での連載打ち切り後、とある方の Twitter 上での紹介がきっかけでバズりにバズり、結果天下の角川スニーカー文庫様から発刊されることになった小説であり、この二巻分の内容はほぼ完全に「バズった後」から書き始めた部分になります。この時は本当に大変で、「続きを読ませろ」の声に応えるべく、バズった翌日には連載を再開させ、毎朝四時に起きてその日の更新分を書き終えてから出社し、勤務中に次の展開を考えるような生活を毎日続けていました。しかし不思議と全く苦痛ではなく、それどころかスイスイと書き進められたのは、やはりそれだけ読者様がこの作品を推し、ゲラゲラ笑ってくれていたからだと思います。あの時は本当に重ね重ねありがとうございました。

この津軽弁マシマシのみちのくじょっぱりファンタズーも二巻目ということで、今回は主に現実世界でいうところの宮城県仙台市を舞台にした物語となっております。仙台、そして宮城といえば東北随一の百万都市にして、かの「独眼竜」伊達政宗公のお膝元。そして日本の三景と謳われ、あの松尾芭蕉をも虜にした一大観光地・松島を有し、牛タン、せり鍋、ずんだ餅、はらこ飯、笹かまぼこ、萩の月など全国的に名を轟かせる名物を多数有し、「トーホグのデンズニーランド」と称される遊園地・八木山ベニーランドがあり、更にあのサンドウィッチマンや荒木飛呂彦大先生を輩出し、とどめにこの作品を担当してくださっている角川スニーカー文庫の名編集・ナカダ氏のふるさとでもあります。神様はなんでこんなに宮城県仙台市周辺を集中的に愛したのかと思えるほど恵まれまくっている宮城県・仙台市は私も大好きで、よくＩＫＥＡとか仙台ＰＡＲＣＯでくたびれるほど遊んで散財し、仙台観音の非常識的なデカさを見て驚き、松島ではウミネコのウンコ爆撃に怯えながら笹かまを齧り、瑞巌寺で伊達政宗公の財力と野望のデカさに感嘆し、帰りは牛タンの価格に驚いて「お土産は萩の月でいいか……」などと日和るような旅をこれまで何度もしてきました。その経験が何年後か小説に活きたのは予想外でしたが、おかげで仙台市民・宮城県民の皆様も大満足であろうほどに宮城ネタをコスりにコスり切れたと確信しております。いかがでしたでしょうか。

　ちなみに、この巻では新キャラとしてイロハ・ゴロハチ・ズンダー十四世というちびっ子が出てくるのですが、非東北民である方々には「イロハ？　ゴロハチってなんやねん？」と思われることでしょう。実は彼女にはモデルがおります。それが伊達政宗公の長女である五郎八姫、これで「いろは姫」と読みます。

　伊達政宗公とその正室である愛姫が十五年連れ添ってようやくできた子が五郎八姫であり、妻の第一子妊娠にすっかり舞い上がっていた伊達政宗公は何故なのかこれは絶対男の子が生まれるはずであると確信していたため、女の子の名前を全く考えておらず、生まれてから慌てて「五郎八」と書いて「いろは」と読ませた、という経緯があります。

　五郎八姫は聡明な人であり、また政治家としての才覚にも恵まれていたため、「五郎八が男であればどれほどよかったか」と伊達政宗公を何度も嘆かせたといいます。彼女は後に徳川家康の六男である松平忠輝に嫁ぐことになりますが、ここで粋なことを考えるのが伊達男たる伊達政宗公。なんと伊達政宗公は五郎八姫が嫁ぐ直前の夜、仙台城下に対して夜間に全ての灯篭に灯を点すよう命令し、もう二度と仙台の街を見ることがないかもしれぬ五郎八姫に対して「百万ドルの夜景」を見せたと伝えられています。そうです、今巻の最後、プリンセス・イロハがベニーランドの夜景を見て涙するシーンは、実は全くの史実なのであります。四百年も前にプレゼントとして夜景を見せるなんて、やはり伊達政宗公は日本一の伊達男であったのでしょう。

思えば、イロハは奇跡の子であります。この作品はベニーランド到達前に一度打ち切りになっており、この小説がバズっていなかったら本来は生まれていない子なのです。それがどういう奇跡が起こったのか打ち切り作品であったこの作品が再び注目され、連載を再開するにあたっては、やはり「愛されたキャラ」を登場させたいという思いがありました。それなら父から、母から、仙台領民すべてから愛された五郎八姫しかいないと考え、彼女のことを念頭に置いてイロハのキャラクターを作り始めました。なかなか可愛く書けたのではないかなと思います。

新パーティメンバーとしてイロハを加えたオーリン、そしてレジーナたち三人のみちのく旅は、いよいよ舞台をヴリコ、現実世界でいうところの秋田県に移してゆくことになります。日本有数の米どころであり、秋田美人の産地でもある秋田県。彼らが生きる世界のヴリコの旅は一体どうなってゆくことでしょうか。作者の私も楽しみであります。

それでは皆様、叶うことならば再びの出会いを願って。

さよなら、さよなら、さよなら。

じょっぱれアオモリの星２

ズンダーにおいでよ

著	佐々木鏡石
	角川スニーカー文庫　23715 2023年７月１日　初版発行
発行者	山下直久
発　行	株式会社KADOKAWA 〒102-8177 東京都千代田区富士見2-13-3 電話　0570-002-301（ナビダイヤル）
印刷所	株式会社暁印刷
製本所	本間製本株式会社

◇◇◇

●お問い合わせ
https://www.kadokawa.co.jp/（「お問い合わせ」へお進みください）
※内容によっては、お答えできない場合があります。
※サポートは日本国内のみとさせていただきます。
※Japanese text only

Printed in Japan　ISBN 978-4-04-113846-5　C0193

★ご意見、ご感想をお送りください★
〒102-8177 東京都千代田区富士見 2-13-3
株式会社KADOKAWA　角川スニーカー文庫編集部気付
「佐々木鏡石」先生「福きつね」先生

角川文庫発刊に際して

角川源義

　第二次世界大戦の敗北は、軍事力の敗北であった以上に、私たちの若い文化力の敗退であった。私たちの文化が戦争に対して如何に無力であり、単なるあだ花に過ぎなかったかを、私たちは身を以て体験し痛感した。西洋近代文化の摂取にとって、明治以後八十年の歳月は決して短かすぎたとは言えない。にもかかわらず、近代文化の伝統を確立し、自由な批判と柔軟な良識に富む文化層として自らを形成することに私たちは失敗して来た。そしてこれは、各層への文化の普及滲透を任務とする出版人の責任でもあった。

　一九四五年以来、私たちは再び振出しに戻り、第一歩から踏み出すことを余儀なくされた。これは大きな不幸ではあるが、反面、これまでの混沌・未熟・歪曲の中にあった我が国の文化に秩序と確たる基礎を齎らすためには絶好の機会でもある。角川書店は、このような祖国の文化的危機にあたり、微力をも顧みず再建の礎石たるべき抱負と決意とをもって出発したが、ここに創立以来の念願を果すべく角川文庫を発刊する。これまで刊行されたあらゆる全集叢書文庫類の長所と短所とを検討し、古今東西の不朽の典籍を、良心的編集のもとに、廉価に、そして書架にふさわしい美本として、多くのひとびとに提供しようとする。しかし私たちは徒らに百科全書的な知識のジレッタントを作ることを目的とせず、あくまで祖国の文化に秩序と再建への道を示し、この文庫を角川書店の栄ある事業として、今後永久に継続発展せしめ、学芸と教養との殿堂として大成せんことを期したい。多くの読書子の愛情ある忠言と支持とによって、この希望と抱負とを完遂せしめられんことを願う。

一九四九年五月三日